CW00427896

Les Cinq
mènent l'enquête

Une nouvelle aventure des personnages créés par
Enid Blyton racontée par Claude Voilier.

Illustrations : Frédéric Rébéna.

Hachette Livre, 1972, 1994, 2011 pour la présente édition.

Le texte de la présente édition a été revu par l'éditeur.

Hachette Livre, 43, quai de Grenelle, 75015 Paris

Les Cinq mènent l'enquête

Une nouvelle aventure des personnages créés par Enid Blyton racontée par Claude Voilier.

Illustrations
Frédéric Rébéna

Claude

11 ans.
Leur cousine. Avec son fidèle chien
Dagobert, elle est de toutes
les aventures.
En vrai garçon manqué,
elle est imbattable dans tous
les sports et elle ne pleure
jamais... ou presque !

François

12 ans
L'aîné des enfants,
le plus raisonnable aussi.
Grâce à son redoutable sens
de l'orientation, il peut explorer
n'importe quel souterrain sans jamais se perdre !

Mick

11 ans comme Claude.
C'est un casse-cou (un gourmand aussi !)
qui n'hésite jamais avant de se lancer
dans les plus périlleuses aventures…

Annie

10 ans
La plus jeune, un peu gaffeuse,
un peu froussarde !
Mais elle finit toujours par
participer aux enquêtes,
même quand il faut affronter
de dangereux malfaiteurs…

Dagobert

Sans lui, le Club des Cinq ne serait rien !
C'est un compagnon hors pair, qui peut monter
la garde et effrayer les bandits.
Mais surtout c'est le plus attachant des chiens…

Un mystère

— François ! Lance-moi la balle ! Dag !
Arrête de sauter ! Tu vois bien que tu me
gênes !

— Dis donc, Mick ! Tu oses parler comme
ça à Dago ?

Et Claude Dorsel, rouge de colère, décoche
une bourrade à son cousin Mick.

Annie Gauthier, la petite sœur de Mick et
de François, s'interpose vivement :

— Eh, vous deux ! Vous n'allez pas vous
disputer dès le début des vacances ! Sans
compter que si tu commences à te bagarrer
comme un garçon, Claude, ton père ne sera
pas content !

— Annie a raison ! s'écrie François avec bonne humeur. Profitons plutôt du beau temps et des vacances. Quelle chance d'être tous réunis aux *Mouettes* cette année encore !

Claude se détend aussitôt. Rapide à se mettre en colère, elle a aussi un excellent cœur et adore ses cousins. Ceux-ci, d'ailleurs, le lui rendent bien.

Comme chaque été, M. et Mme Dorsel, les parents de Claude, accueillent leurs neveux pour les vacances. Henri Dorsel, un savant réputé, déteste être dérangé par les cris des enfants. Ceux-ci doivent donc être aussi peu bruyants que possible.

Claude, qui n'a peur de rien et dont le courage est quasiment légendaire, redoute pourtant de se faire gronder par son père. Aussi se tient-elle généralement tranquille.

Avec ses cheveux bruns coupés très court, elle a l'air d'un garçon. Vive, très dynamique, elle est en fait le chef du petit groupe. Mick, brun comme elle et du même âge – onze ans –, lui ressemble beaucoup. François et Annie, blonds tous les deux, ont respectivement douze et dix ans.

— Allons jouer plus loin ! propose Claude. C'est vrai que papa ne serait pas content si nous le perturbions dans ses calculs ou si nous cassions l'une des vitres de son bureau avec notre ballon !

Les enfants s'éloignent en courant, précédés de Dagobert qui fait des sauts de cabri. Dagobert – plus souvent appelé Dago ou Dag – est le chien bien-aimé de Claude et son inséparable compagnon. On les voit rarement l'un sans l'autre !

Claude et ses cousins s'entendent à merveille. Ils ont un goût commun... Ils adorent débrouiller des énigmes policières et éclaircir des mystères. Déjà, à plusieurs reprises, ils ont trouvé la solution à de délicats problèmes... Fiers des résultats obtenus, ils se sont baptisés « Le Club des Cinq »... le cinquième membre n'étant autre que Dagobert !

La villa des *Mouettes* se dresse au bord de la mer, à proximité du village de Kernach.

Les journées des quatre cousins sont bien remplies. Mme Dorsel – tante Cécile pour les jeunes Gauthier – gâte beaucoup ses pensionnaires, mais exige qu'ils soient exacts à l'heure des repas. En dehors de cette obligation, elle les laisse entièrement libres de leur temps.

Les Cinq s'en donnent à cœur joie. La région offre tant de possibilités de se distraire : excursions, pique-niques, etc.

9

Ce jour-là, après leur partie de balle, les cinq compagnons s'entassent dans le canot de Claude.

— Ramons jusqu'à l'île de Kernach, propose Mick. Nous y jouerons à cache-cache !

— Par cette chaleur ? proteste François. Baignons-nous plutôt dans la petite crique. Nous ferons un concours de plongeons.

— D'accord ! approuve Claude en empoignant les avirons.

L'île appartient à Claude qui en est très fière. Personne n'est autorisé à y débarquer sans sa permission.

Les Cinq s'y amusent tout le reste de la journée. François, calme de nature, doit à plusieurs reprises freiner les élans de l'impulsive Claude : l'imagination de cette dernière lui souffle des idées aventureuses qui, il faut l'avouer, ne sont pas toujours couronnées de succès. Dans ces cas-là, l'intervention de François empêche des catastrophes ! Le reste du temps, les « inventions » de Claude (comme dit Mick) sont presque géniales et lui valent l'admiration de ses cousins.

— Et maintenant, s'écrie Claude en amarrant son canot à l'embarcadère des *Mouettes*, il nous reste encore un peu de temps avant le dîner. Je propose une balade à bicyclette !

Mick fait la grimace...

— Bof, fait-il, j'en ai assez de mon vieux vélo ! Oncle Henri avait promis de nous en offrir des neufs si notre année scolaire était bonne... et je ne vois rien venir !

— Pourtant, soupire François, nous avons travaillé exceptionnellement bien tous les quatre.

— Faites confiance à papa ! lance Claude. Il a beau être distrait, il n'oublie jamais ses promesses !

Claude a raison. Le lendemain, après le petit déjeuner, Mme Dorsel leur dit en souriant :

— Une surprise vous attend dans la remise ! Allez vite voir !

Les Cinq courent au petit bâtiment couvert de lierre qui flanque la remise à bateau. Claude en ouvre la porte d'un geste brusque. Aussitôt, les visages s'éclairent.

— Super ! s'exclame Claude. Papa a tenu parole. Voici quatre vélos neufs pour remplacer nos vieilles bicyclettes !

— Attendons midi pour remercier oncle Henri, conseille François. Maintenant, nous risquerions de le déranger.

— Regardez ! s'écrie Claude qui piaffe de joie. Il y a même un panier derrière ma selle.

11

Mon Dag, tu n'auras pas besoin de t'user les pattes à courir à côté de moi.

— Ouah ! fait Dagobert qui semble comprendre.

— Essayons-les tout de suite, propose Mick. Je parie qu'ils roulent magnifiquement.

Durant la matinée, les enfants se familiarisent avec leurs nouveaux deux-roues. À midi, ils remercient M. Dorsel. Et, immédiatement après le repas, ils partent en promenade.

— Maintenant, annonce Claude à ses cousins, nous pourrons facilement visiter les environs grâce à ces bicyclettes très légères.

Les jours suivants, les enfants entreprennent d'explorer la région. Jamais, avec leurs vieux vélos, ils n'avaient pu se permettre d'aller aussi loin !

Ce matin-là, ils se réunissent dans le jardin pour décider où aura lieu la prochaine excursion.

— Je propose de rouler vers le nord, dit François, on trouve un tas de coins intéressants.

— On en trouve aussi au sud ! coupe Mick.

— Mais on ne peut pas aller dans deux directions à la fois ! fait remarquer Claude. D'accord pour le nord !

— J'irai où vous voudrez ! déclare Annie, conciliante.

Dagobert fait comprendre qu'il aimerait mieux se dégourdir les pattes que de rester assis dans le panier.

— Je te comprends, mon Dag, dit Mick. À force d'être transporté, tu vas finir par te rouiller !

— Nos cerveaux non plus ne s'agitent pas beaucoup en ce moment ! souligne Claude en faisant la grimace. Pas le moindre mystère à l'horizon ! C'est à se demander si les neurones du Club des Cinq ne vont pas se rouiller comme nos antiques vélos tout juste bons pour la ferraille !

— C'est vrai ! approuve François. Cela fait longtemps que nous n'avons pas eu d'énigme à résoudre.

— En attendant, filons d'ici ! décide Claude en enfourchant son vélo. Allez, Dag ! Pas d'histoire ! Saute dans ton panier ! Aujourd'hui, nous allons dévorer la route !

Les Cinq ont parcouru environ six kilomètres quand ils aperçoivent un vieux châ-

13

teau, « ouvert aux touristes », si l'on en croit l'écriteau.

— On le visite ? propose Mick.

— Allons-y ! répondent les autres en chœur.

Les enfants laissent leurs vélos dans un parking pour deux-roues aménagé dans la cour du château. Puis ils franchissent la haute voûte de l'entrée. Comme il fait frais à l'intérieur ! Annie écarquille les yeux dans la pénombre.

— Qu'y a-t-il à voir ? chuchote-t-elle.

Le vendeur de tickets, installé derrière la vitre d'un guichet, sourit à la jeune visiteuse.

— Ce château date du XVIe siècle, explique-t-il. Hormis l'architecture et quelques meubles d'époque, vous pourrez admirer des objets de valeur exposés sous vitrine... des bonbonnières, des vases, des agrafes de ceintures, des bijoux d'or et d'argent que portaient les belles dames de la cour.

Annie est coquette. Elle est ravie à l'idée de contempler de jolis bijoux. François règle le prix des entrées. Au moment où Claude s'apprête à suivre ses cousins, Dagobert sur ses talons, l'employé l'interpelle :

— Hep ! Jeune homme ! s'écrie-t-il en la prenant pour un garçon. Les chiens ne sont

pas autorisés à entrer. Attachez le vôtre ici !
Vous le reprendrez en sortant.

Aussitôt, Claude se hérisse.

— Mon chien est très bien élevé ! réplique-
t-elle avec dignité. Il n'aboie pas et ne pro-
voque jamais de dégâts. D'ailleurs, je paie
son entrée !

Et, d'un geste qui se veut noble, elle
place deux pièces sous le nez de l'employé
médusé.

— Viens, Dag ! Non mais ! Pour qui te
prend-on ?

Et Claude rejoint ses cousins déjà rassem-
blés autour d'une table longue et basse, au
couvercle vitré. Mick avance les lèvres en une
moue comique.

— Des bijoux de valeur, ça ? Tu parles !
Du toc, oui !

— On dirait que tu as raison ! acquiesce
François. Tous ces objets sont bien ordi-
naires ! On est loin des trésors annoncés par
le guichetier ! Je n'aperçois pas le moindre
bijou précieux !

— Allons plus loin, suggère Annie.

Mais il n'y a pas plus d'objets de valeur dans
les autres vitrines que dans la première.

— Bizarre... murmure Claude. Et ces
vitrines complètement vides, là-bas, près de la

15

fenêtre, ne sont pas moins étranges... Tiens, ajoute-t-elle en s'approchant des vitrines en question, on dirait que les serrures ont été forcées... et le couvercle de celle-ci est cassé !

Au même instant, un touriste qui, comme les enfants, visite les lieux, se retourne.

— Pas étonnant que les vitrines soient vides, intervient-il. Ce musée a été cambriolé la semaine dernière. La nouvelle est parue dans tous les journaux. Je me demandais ce que les voleurs avaient laissé sur place. Eh bien, je suis fixé : autant dire rien du tout ! On devrait prévenir les gens à l'entrée. C'est honteux de faire payer pour contempler des murs nus et des vitrines dévastées ! C'est une autre forme de vol !

Tout en rouspétant, l'homme s'éloigne.

— Vous avez entendu ? demande Claude à ses cousins. Il y a eu un cambriolage au château récemment !

— J'espère que les voleurs ont été pincés ! s'écrie Mick.

— Allons le demander à l'employé de l'entrée !

Les Cinq se dirigent vers l'homme qui fixe sur Dagobert un œil réprobateur.

Interrogé par les enfants, le guichetier ne se fait pas prier pour fournir des détails.

16

— C'est vrai, reconnaît-il. Ce château a reçu la visite de voleurs bien informés qui ont fracturé les vitrines contenant les joyaux les plus précieux de notre collection. Ils n'ont laissé que des objets sans valeur ou difficiles à écouler... Ah ! On peut dire qu'ils ont opéré avec habileté, les bandits ! Du travail rapide et sans bavures !

— La police a réussi à les rattraper, je suppose ? s'enquiert Mick.

— Même pas ! répond l'employé en haussant les épaules. Les coupables courent toujours ! Sans compter qu'ils ont encore fait parler d'eux cette semaine... Vous êtes sans doute trop jeunes pour lire les journaux. Sinon, vous auriez appris que deux autres châteaux et un musée de la région ont eux aussi reçu leur visite. Les voleurs ne manquent pas de culot ! Ça, on peut le dire !

François fronce les sourcils.

— Il me semble avoir entendu parler de leurs exploits à la radio hier soir, dit-il. Ça me revient maintenant !

— Oui. La police est sur les dents. Je me demande jusqu'où ira l'impudence de ces bandits !

Les Cinq reprennent le chemin des *Mouettes*. Tout en offrant leur visage au vent de la course, ils discutent de la question qui les intéresse... De retour à la villa, Claude va chercher les journaux de la semaine et les rapporte à ses cousins. Tous quatre épluchent les articles rapportant le pillage des châteaux. Les vols successifs semblent être le fait d'une bande spécialisée, apparemment décidée à frapper dans toute la région...

 *Le lapin invisible*

Le lendemain, il fait un temps magnifique... si beau même que Mme Dorsel propose spontanément aux enfants :

— Par ce temps-là, que diriez-vous si
je vous préparais un bon pique-nique ?
Vous pourriez déjeuner sur l'herbe et, au
retour, vous baigner dans la Crique aux
Moines. Elle est bien abritée du vent et des
courants.

Claude et ses cousins acceptent avec joie.
Ils adorent manger dehors !

Ils se rendent à la cuisine pour aider
Mme Dorsel à préparer les sandwichs et à
remplir de jus de fruits frais des thermos.

Mick a posé près de lui sa petite radio. La musique s'arrête soudain.

— Nous apprenons à l'instant, fait la voix d'un journaliste, que la Tour de Lencoët, située à onze kilomètres de Kernach, a reçu cette nuit la visite des cambrioleurs qui, depuis trois semaines, écument la région. Des tableaux de maître, exposés dans la salle supérieure de la tour et représentant des paysages marins, ont été emportés par ces peu scrupuleux amateurs d'œuvres d'art. Les bandits ont opéré avec une grande sûreté, sans déclencher les dispositifs de défense ou d'alarme et n'ont laissé aucune trace derrière eux. Une enquête est en cours. On espère qu'elle aboutira très vite !

— Vous avez entendu ? s'écrie Claude. La bande des pilleurs de châteaux vient de frapper de nouveau ! Au rythme où ils vont, les bandits ne tarderont pas à avoir déménagé tous les trésors de la région. Moi, à la place des policiers...

— Ne juge pas si vite ! conseille Mme Dorsel à sa fille.

Claude hausse les épaules.

— Avoue que les enquêteurs ne sont pas bien débrouillards ! Les bandits se moquent d'eux. À mon avis...

— Ils connaissent leur métier, assure Mme Dorsel. Et tu ne ferais sans doute pas mieux ! Ces cambrioleurs sont habiles. Dès le premier vol, on a surveillé les routes, les ports, les aéroports, les frontières. Mais on n'a pas trouvé trace du butin. Celui-ci doit être bien caché... et il le restera sans doute jusqu'à ce que cette histoire de cambriolages soit tombée dans l'oubli.

Un instant plus tard, les enfants et Dagobert filent sur la route... Après avoir dépassé la Crique aux Moines, ils arrivent en vue d'une petite colline verdoyante, hérissée çà et là de buissons et de touffes d'ajoncs. Mick propose d'y grimper jusqu'à mi-pente pour pique-niquer. On déballe joyeusement les provisions. Dagobert galope en aboyant après les papillons et les libellules.

— Annie ! Aide-moi à étendre la nappe ! lance Claude. François, ouvre cette boîte de pâté ! Mick ! Attention ! Tu vas renverser la boisson ! Dag ! Arrête de faire le fou !

— À vos ordres, mon commandant !

— À votre service, chef !

— Ouah ! Ouah !

Claude envoie un torchon à la figure de Mick. François donne un coup de coude à sa cousine, et Dag, entrant dans le jeu, fait

21

mine de s'élancer au secours de sa jeune maîtresse. La pseudo-dispute dégénère en bataille amicale sur l'herbe. Comme il est bon de rire !

Le pique-nique terminé, les Cinq contemplent en soupirant les rares miettes qui en restent. Après avoir mangé avec tant d'appétit, les enfants se sentent un peu somnolents. Ils s'allongent à l'ombre des arbres.

À leurs pieds, au bas du coteau verdoyant, le chemin par lequel ils sont venus déroule ses méandres parallèlement à la falaise. Au-delà, la mer miroite au soleil, aussi calme que possible. Le ciel bleu est sans nuages. Il fait délicieusement bon.

Annie a mangé tellement de tarte aux framboises qu'elle commence à regretter un peu sa gourmandise. Elle se sent l'esprit engourdi. Elle doit déployer un réel effort pour garder les yeux ouverts. Malgré tout, ils se ferment quelques secondes...

Soudain, la fillette se réveille, un peu confuse d'avoir cédé au sommeil... un sommeil qui, sans doute, n'a pas duré longtemps. Les autres s'en sont-ils aperçus ? Ils parlent et plaisantent à côté d'elle. Annie se redresse. Alors, un cri lui échappe.

— Que t'arrive-t-il ? s'écrie François en sursautant.

— Ce buisson... là-bas..., je viens de le voir remuer !

Mick ricane.

— Il y a vraiment de quoi hurler ! réplique-t-il. Vous vous rendez compte ! Un miracle ! Le vent fait bouger les feuilles !

— Mais justement... Il n'y a pas un brin de vent ! fait remarquer Annie. C'est bien ce qui m'étonne... Et le buisson ne remuait pas comme si le vent l'agitait. On aurait presque cru qu'une main invisible s'amusait à le secouer !

Claude se met à rire.

— C'est beau, l'imagination ! déclare-t-elle en caressant Dagobert étendu à côté d'elle. Notre chère Annie dormait tranquillement quand elle a rêvé qu'elle se trouvait au pays du mystère... Alors, elle s'est imaginé voir passer l'homme invisible à travers les bruyères et les ajoncs, et elle nous a effrayés en criant !

Annie proteste aussitôt :

— Mais je ne rêvais pas ! J'ai vu ce buisson remuer... le gros, là-bas... Oh ! Regardez ! Il remue encore, mais plus faiblement. Je n'ai pas d'hallucinations, quand même...

Un aboiement de Dag lui coupe la parole.

Le chien s'est élancé en direction du buisson désigné par Annie. Il aboie en tournant autour. Claude le rappelle.

— Dag ! Dago ! Reviens tout de suite !

— Ce chien est complètement fou ! assure Mick.

— Bah ! il veut se rendre intéressant ! suggère François.

— Je crois plutôt qu'il a flairé un lapin sauvage, comprend Claude... Si j'avais le courage de me déplacer, ajoute-t-elle en bâillant, j'irais fouiner sous les branches de ton buisson, Annie. Je découvrirais peut-être un terrier !

Sa cousine n'est toujours pas convaincue.

— Un lapin n'aurait pas secoué aussi fort un buisson aussi gros ! insiste-t-elle. On aurait cru...

— Oui, oui, tu nous l'as déjà dit ! l'interrompt Mick. Tu as vu quelqu'un... d'invisible se glisser à plat ventre dans le terrier du lapin. C'est beau de contempler l'invisible, Annie ! Tu dois avoir le don de double vue !

Annie est sur le point de réagir, quand François se lève.

— Assez bavardé ! Inutile de nous éterniser ici si nous voulons visiter le château de la Mulotière !

Claude, Mick et Annie le regardent, stupéfaits.

— Visiter quoi ?

— Le château de la Mulotière ! C'est une surprise que je vous réservais. Avant de partir, j'ai étudié un guide touristique. En plus, il s'agit d'un des rares manoirs de la région qui n'a pas encore été cambriolé par le gang des châteaux. J'ai pensé que nous pourrions y jeter un coup d'œil avant qu'il ne soit dévalisé à son tour !

— Tu crois que les bandits vont s'y attaquer ? s'écrie Mick dont les yeux brillent d'intérêt.

— Oui, que contient-il de si précieux ? interroge Claude.

— Des montres !

Devant l'air ahuri des trois autres, François éclate de rire.

— Je dois préciser, ajoute-t-il, que ces montres sont en or et qu'elles constituent une merveilleuse collection dont le propriétaire du château, le marquis de Penlech, est particulièrement fier.

— C'est la première fois que j'entends parler de ce château ! s'écrie Claude en enfourchant son vélo.

— On l'appelle le manoir de Penlech. Jusqu'ici, il était fermé au public. Mais aujourd'hui le marquis est ruiné, à ce qu'il paraît. Alors, pour gagner un peu d'argent, il s'est décidé à ouvrir les portes de sa demeure aux touristes amateurs d'art.

— S'il manque d'argent, réplique Mick étonné, pourquoi ne vend-il pas ses montres en or ?

François hoche la tête.

— Ces montres sont tout ce qui reste de la fortune du marquis. La seule idée de s'en séparer lui fait horreur. Il aimerait mieux mourir de faim que de s'en défaire. Chacune a son histoire. L'une d'elles a été donnée à l'un des ancêtres du marquis par François Iᵉʳ et...

— Tu es drôlement bien documenté, dis donc ! remarque Mick en riant. Où as-tu pêché ces détails ?

— Dans mon guide, bien sûr... Ah ! Nous arrivons !

Les enfants voient, au détour du chemin, un manoir massif, entouré de douves et protégé par des murailles que l'on devine très épaisses.

26

— Mais c'est une véritable forteresse ! constate Claude. On doit pouvoir soutenir un siège, là-dedans !

Les Cinq roulent encore un peu puis, arrivés à hauteur du château, mettent pied à terre. Poussant leurs vélos, ils franchissent le pont qui enjambe les douves. Sur l'un des battants de l'énorme portail d'entrée, une pancarte indique les heures d'ouverture.

Mick la consulte.

— Bon, dit-il. Je crois que nous arrivons au meilleur moment de la journée. Il est encore trop tôt pour qu'il y ait de la foule ! Et nous aurons le temps de tout visiter tranquillement. Venez ! entrons !

Les autres lui emboîtent le pas...

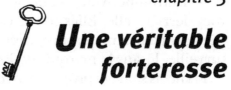

chapitre 3

Une véritable forteresse

La cour du château n'est pas entretenue. L'herbe pousse entre les dalles brisées. Tout respire l'abandon.

— Brrr… murmure Annie en frissonnant. C'est sinistre, ici ! Je comprends que les cambrioleurs aient oublié de visiter l'endroit ! Je n'aimerais pas me faufiler dans ce château pendant la nuit. Il doit être bourré de fantômes !

Le château, assez délabré, n'a pas fière allure. Mais à l'intérieur, dans des vitrines de bois sculpté, d'exquises montres en or ciselé étincellent.

29

— Ces montres doivent valoir une fortune... déclare Claude, pensive. Et elles ne sont même pas bien gardées !

— Détrompez-vous, jeune homme, dit une voix derrière elle. Elles sont très bien protégées au contraire puisque c'est moi qui les surveille. Je suis le marquis de Penlech !

François salue le propriétaire du manoir et fait les présentations. Le marquis s'excuse en souriant d'avoir pris Claude pour un garçon. Celle-ci lui rend son sourire.

— Votre collection est assurée, j'espère !

— Hé non, mon jeune ami... je veux dire mademoiselle. Malheureusement, l'assurance d'un tel trésor dépasse mes moyens. C'est pourquoi je le garde moi-même avec l'aide de Yann, mon employé !

Mick ne peut s'empêcher de s'exclamer :

— Ce n'est pas imprudent ?

Puis il s'arrête et se mord les lèvres. Il ne veut pas paraître impertinent. Le marquis demande :

— Qu'est-ce qui est imprudent ?

— Eh bien, de laisser tous ces trésors exposés, avec une surveillance aussi réduite !... Bien sûr, vous tenez l'œil ouvert ! N'empêche que vous ne pouvez pas être jour et nuit sur le qui-vive, votre employé et vous !

Il y a bien des moments où vous mangez... où vous allez vous promener...

Le marquis esquisse un sourire.

— Bien entendu ! Nous limitons notre surveillance aux heures de visite. Le reste du temps, nous n'avons à nous soucier de rien. Ma collection se garde toute seule !

Claude le fixe, intriguée.

— Que voulez-vous dire ? interroge-t-elle.

Le marquis désigne du geste les épaisses murailles du château et explique :

— Ce manoir est lui-même un gigantesque coffre-fort... Il faudrait de la dynamite pour en forcer les portes ou faire sauter ses murs. Une fois toutes les issues bouclées, je peux dormir sur mes deux oreilles. Je n'ai plus rien à craindre des voleurs !

— Quand même, risque Annie timidement, on raconte que la bande des pilleurs de châteaux est habile... Vous avez dû en entendre parler...

Le marquis a un geste fataliste.

— Évidemment ! Mais je ne pense pas que les cambrioleurs s'attaqueraient à moi. Ce manoir, je le répète, est un trop gros morceau pour ces messieurs. Ils s'y casseraient les dents.

Claude n'est pas convaincue.

— À votre place, murmure-t-elle, je me méfierais.

Cette fois, le marquis rit franchement.

— Ne vous tracassez pas pour moi, ma gentille demoiselle (et Claude fait la grimace). Je ne me fie pas seulement à l'épaisseur des murs et à la résistance des portes. Sachez que toutes les ouvertures de mon château et toutes mes vitrines d'exposition sont munies d'un signal d'alarme spécial, prêt à fonctionner à la moindre intervention suspecte... Allons, ne vous faites plus de souci pour mes montres, et permettez-moi de vous servir de guide.

Sous la conduite de leur sympathique hôte, les quatre cousins, enchantés, admirent les rarissimes montres. Le marquis sait les intéresser, les instruire et les amuser à la fois en leur racontant des anecdotes historiques pleines de vie, se rapportant toutes aux pièces de sa collection. Quand les Cinq s'en vont enfin, ils sont ravis de leur visite au château-musée.

Sur le chemin du retour, les enfants se baignent dans la Crique aux Moines. L'eau est fraîche... ce qui n'empêche pas Claude de plonger du haut d'un rocher.

François semble songeur.

— C'est plus fort que moi, avoue-t-il. Je n'arrête pas de penser à ces montres.

— Tu crois que les pilleurs de châteaux pourraient tenter de les voler ? questionne Mick en se séchant.

— Ils en sont bien capables ! déclare Annie. À la place du marquis, je ne serais pas tranquille.

— Lui, en tout cas, dit Claude, il a l'air très confiant !

Cette nuit-là, les Cinq, fatigués de leur journée bien remplie, dorment d'une seule traite. C'est un beau soleil qui les réveille au matin. Claude, toute joyeuse, saute du lit et secoue Annie qui, encore somnolente, ne semble pas pressée d'ouvrir les yeux.

— Hé, paresseuse ! Lève-toi vite ! Il est déjà tard !

Les voix de Mick et de François montent du jardin.

— Debout, les filles !

— Il y a du nouveau !

Claude court à la fenêtre.

— Du nouveau ? répète-t-elle. Quoi exactement ?

— Descends et tu le sauras !

33

Claude et Annie sont vite prêtes. Elles se précipitent au rez-de-chaussée. Mick bondit à leur rencontre. Il paraît survolté.

— Nous venons d'écouter les informations à la radio, explique-t-il. Et vous savez quel est l'événement du jour ?

— De la nuit, plutôt ! corrige François au passage.

— Je devine ! réagit Claude avec animation. Le château de la Mulotière a été cambriolé ! Les montres en or du marquis se sont envolées ! Je me trompe ?

— Tu es une vraie sorcière ! s'exclame François en riant de l'air dépité de Mick. Tu as deviné !

— Mais comment c'est arrivé ? demande Annie en prenant place avec les autres à la table du petit déjeuner.

— C'est la question que se posent les policiers ! répond Mick en trempant une énorme tartine de beurre dans son chocolat au lait. Les bandits ont été encore plus malins que d'habitude. Cette fois, personne ne peut dire comment ils se sont introduits dans la demeure ! Un vrai mystère !

— Que veux-tu dire ? questionne Claude en ouvrant des yeux ronds. Ils ont bien forcé les vitrines ou brisé leurs couvercles pour s'emparer des montres ?

— Oui ! Bien sûr ! Ils ont fait du beau travail ! Et les montres en or ont bel et bien disparu ! Mais impossible de comprendre comment les cambrioleurs ont pénétré dans le château. C'est une vraie énigme… en vase clos !

— Comment ça ? s'enquiert Annie, en fronçant les sourcils.

— Eh bien, imagine la salle aux collections, dit François, telle que tu l'as vue hier… Toutes les fenêtres sont fermées par des volets de fer… et aucun de ces volets n'a été forcé. Par ailleurs, la salle ne compte que deux portes. Ces portes, elles aussi, sont intactes.

— La cheminée ? suggère Claude.

— Condamnée depuis vingt ans ! Il y a belle lurette qu'on ne fait plus de feu dedans… et le marquis déteste les courants d'air. Il a donc fait boucher le conduit.

— C'est étrange… murmure Claude. Je suppose que les signaux d'alarme n'ont pas fonctionné ?

— Là encore, tu vois juste ! Les bandits ont coupé les fils électriques commandant les sonneries.

— En résumé, personne n'est entré dans la salle d'exposition... apparemment du moins ! Et les voleurs n'ont signalé leur passage... que par leur vol !

— Exactement ! Si tu y comprends quelque chose, tant mieux pour toi !

Le reste de la matinée se passe à débattre de ce problème : comment les cambrioleurs ont-ils réussi à dévaliser les vitrines sans laisser d'autre trace de leur passage ?

Poussés par la curiosité, Claude et ses cousins retournent le jour même au château de la Mulotière. Ils ne voient pas le marquis, mais François, ayant interrogé poliment l'un des enquêteurs, reçoit confirmation des nouvelles de la matinée : la bande des pilleurs de châteaux a merveilleusement réussi son coup !

— Et pourtant, confie le policier aux enfants qu'il trouve sympathiques, nous montions depuis quelques jours une garde discrète autour du manoir. Nous étions sur l'affaire. Mais vous voyez... cela n'a servi à rien !

Alors, ils repartent bredouilles.

chapitre 4

Une tempête se prépare

Trois jours plus tard, l'enquête piétine encore. Mick en a assez d'écouter les flashs d'information à la radio qui se bornent à signaler : « Rien de nouveau à propos de la bande des pilleurs de châteaux. »

Claude a bien proposé que le Club des Cinq entreprenne sa propre enquête... mais il fait si chaud que cette suggestion ne soulève aucun enthousiasme.

— Que veux-tu que nous trouvions alors que la police elle-même se démène sans succès ? dit François en bâillant.

La chaleur est véritablement écrasante. Aussi, ce jour-là, les enfants décident-ils de faire une promenade en mer.

— Nous ramerons jusqu'à l'île de Kernach, décide Claude, puis nous hisserons la voile et nous nous laisserons porter !

Les enfants et Dag s'entassent donc dans le *Saute-Moutons*, le canot de Claude, et s'éloignent de la côte. Une agréable brise souffle. Le ciel est sans nuages... à l'exception de deux tout petits, très noirs, qui montent à l'horizon.

Claude, d'une manière générale, connaît bien la mer... au point d'être parfois trop confiante. Si elle s'était donné la peine de vérifier le ciel et le vent (ou plus simplement de consulter le baromètre), elle se serait méfiée... Mais, insouciante, elle s'abandonne au plaisir du moment... C'est Annie qui, la première, s'aperçoit du brusque changement de la mer.

— Regardez ! s'écrie-t-elle en montrant du doigt les vagues crêtées d'écume qui clapotent autour du canot. Des moutons ! Toute la mer est couleur d'encre. En plus, le vent a fraîchi et souffle plus fort tout à coup.

— C'est vrai ! constate François. On dirait qu'une tempête se prépare !

Déjà, le ciel se couvre de nuages. Au même instant, une forte rafale fait claquer la voile. Claude se dépêche de virer de bord.

— Rentrons ! annonce-t-elle. Ce serait dangereux de continuer. Mieux vaut ne pas risquer d'imprud...

Un craquement lui coupe la parole. Le mât léger, sans doute usé à la base, vient de se briser sous les assauts du vent ! Il dégringole à l'eau, entraînant la voile. Claude, pleine de sang-froid, ordonne aussitôt :

— Mick ! Annie ! Faites contrepoids en vous penchant à tribord. François ! Aide-moi à repêcher la voilure avant qu'elle ne soit entièrement mouillée !

Ses cousins lui obéissent toujours quand ils vont sur l'eau. Ils se fient à elle. Aussi, ils ne discutent pas. Annie et Mick se penchent par-dessus bord autant qu'ils le peuvent. Annie a très peur mais, vaillante, se garde bien de le montrer... Non sans mal, François et Claude parviennent à hisser la voile à bord.

Au même instant, Annie pousse un cri. Mick se retourne et s'égosille :

— Annie ! Annie !... Elle est tombée...

Claude lâche la voile trempée et se précipite. Le canot, ballotté par les vagues, saute et tourne sur lui-même. Il s'éloigne d'Annie

39

qui, après avoir involontairement piqué une tête dans les flots, se débat maintenant parmi des moutons... véritablement enragés. Claude met ses mains en porte-voix.

— Nage vers nous, Annie ! Nous allons à ta rencontre !

Déjà les garçons ont empoigné les rames. Mais c'est en vain qu'ils naviguent en direction d'Annie. La fillette, malgré ses efforts et les leurs, s'éloigne de plus en plus du canot. Alors, Claude n'hésite pas. Elle plonge à son tour, imitée par Dago ! C'est une folie ! Mais elle est décidée à prendre n'importe quel risque. À tout prix, elle doit sauver sa cousine !

Mick lâche les avirons et se lève d'un bond.

— Claude ! Attends ! Reviens !

Sous le coup de l'émotion, il s'est mis à gesticuler. Une vague plus forte que les autres prend par le travers le canot déjà déséquilibré et le retourne. François et Mick se retrouvent à l'eau avant même d'avoir compris ce qui leur arrivait...

Maintenant, les Cinq luttent contre la mer houleuse. Il est déjà difficile de se maintenir à flot sans « boire ». Annie, moins bonne nageuse que les autres, avale d'énormes gorgées d'eau salée. Ses forces diminuent de minute en minute...

Soudain, elle aperçoit Dago non loin d'elle tandis que la voix de sa cousine lui parvient :

— Courage ! hurle Claude.

Mais à cet instant, Annie s'évanouit. Heureusement, Dagobert veille.

À la seconde même où Annie perd connaissance, il happe sa chevelure blonde, l'empêchant de couler à pic. Seulement les crocs du chien ne peuvent pas longtemps retenir les cheveux fins et lisses. Ceux-ci glissent sans arrêt... Dago est intelligent. Il comprend qu'il y a mieux à faire... Lâchant les cheveux, il mord dans les vêtements de la fillette. Mais Annie ne porte qu'un mince tee-shirt par-dessus son maillot de bain. Le tissu craque, menaçant de se déchirer complètement... Dag, attentif, évitant de trop tirer, réussit tout de même à maintenir quelques instants la naufragée hors de l'eau.

Claude arrive, essoufflée.

— Tiens bon, mon Dag !

Elle attrape Annie inconsciente et, péniblement, car elle est déjà fatiguée elle-même, se met à nager en direction du rivage. Comme celui-ci lui semble loin !

41

Les deux filles sont bientôt rejointes par François. Annie revient à elle.

— Accroche-toi à mon épaule ! ordonne son frère.

Elle obéit. Se tenant à la fois à François et à sa cousine, elle se fait aussi légère que possible. Claude, soulagée, avance plus vite. Dago suit. Mick arrive à son tour.

— Droit vers la côte ! hurle-t-il dans le vent. Luttons de toutes nos forces !

Mais Claude est d'un autre avis.

— Non ! crie-t-elle en retour. Le courant est trop fort. Nous ne pourrions pas résister. Laissons-nous dériver ! Nageons en diagonale vers le rivage...

Dans son esprit, elle ajoute :

« Espérons que nous tiendrons jusque-là ! La tempête se déchaîne ! »

C'est vrai ! La mer devient furieuse. Des éclairs zèbrent le ciel. Les grondements du tonnerre éclatent, assourdissants. La pluie, qui tombe depuis quelques minutes, crépite maintenant, chaude et pressée, avec un bruit de grêle.

François et Claude, sportifs entraînés, ont besoin de toute leur endurance pour faire face à la situation. Mick, un moment, doit relayer Claude pour lui permettre de se reposer un peu...

Annie claque des dents, terrorisée. Enfin, peu à peu, la côte se rapproche.

— Victoire ! Nous y sommes presque ! triomphe Mick.

Dago est le premier à prendre « patte » sur le rivage. Plus exactement, il est le premier à se hisser sur un des gros rochers au pied d'une falaise à pic. À marée basse, c'est une plage de galets. Mais, pour l'instant, cette plage est couverte par les flots. Il en est de même du chemin qui grimpe au flanc de la falaise. Il ne sera pas accessible avant au moins une heure encore !

C'est ce que constatent les enfants quand, épuisés, ils rejoignent Dagobert.

— Nous ne pouvons pas moisir ici, sans bouger, tout mouillés et en plein vent ! déclare Mick après avoir repris son souffle. Nous attraperions la mort !

— Que pouvons-nous faire d'autre ? rétorque François en haussant les épaules. Le chemin de la falaise est impraticable.

— Ne restons pas là à geler ! décide Claude. Remuons-nous un peu. Patauger nous réchauffera !

43

Tandis qu'Annie, trop fatiguée, se repose encore un instant sur son rocher, les autres se dirigent vers la falaise, au bas de laquelle s'ouvre une grotte.

Bientôt, Claude, Mick et François se trouvent juste devant l'entrée de la grotte. De loin, elle ne leur a paru ni profonde ni imposante. Vue de près, il en va tout autrement. Une étrange lueur verte en sort, produite, peut-être, par des algues ou des lichens phosphorescents. Cette lueur éclaire l'intérieur de la grotte de façon mystérieuse. Au-delà de l'entrée, des flaques d'eau miroitent sur le sol. L'atmosphère, chargée d'iode, paraît un peu magique. Claude propose d'emblée :

— Visitons cette grotte ! Cela nous aidera à patienter jusqu'à l'heure de la marée basse.

— Et puis, estime François en hochant la tête, nous y serons au moins à l'abri du vent et de la pluie.

Mick appelle sa sœur :

— Annie ! Viens vite ! Nous allons explorer la grotte !

Celle-ci rejoint le petit groupe. Les Cinq pénètrent dans la grotte, veillant à ne pas glisser sur les rochers mouillés. Dehors, il pleut toujours mais, assez curieusement,

 44

l'intérieur de la caverne est chaud. Voilà qui tombe bien !

François, avec son esprit pratique, ordonne tout en donnant l'exemple :

— Dépêchons-nous d'enlever nos vêtements mouillés. Gardons seulement nos maillots de bain ! Cela nous évitera peut-être un rhume !

Claude, Mick et Annie obéissent.

— Et maintenant... commence Mick.

— Ouah ! Ouah ! fait Dagobert en lui coupant la parole.

— Tiens ! s'écrie Claude. On dirait que Dag a découvert quelque chose. Allons voir...

Ils courent à l'autre extrémité de la grotte. Dagobert continue à aboyer.

Quand Claude l'a rejoint, il bondit vers elle, puis paraît lui indiquer un point précis devant lui...

chapitre 5

Le couloir souterrain

Les enfants se rapprochent et aperçoivent, à demi cachée derrière un éperon rocheux vertical, une ouverture également verticale qui s'enfonce au cœur du roc.

— Un boyau souterrain ! s'écrie Mick avec enthousiasme. Suivons-le ! Peut-être nous conduira-t-il à l'air libre, en haut de la falaise. Cela nous évitera d'attendre la basse mer !

— Sauf que… murmure François en avançant la tête avec prudence, nous n'avons rien pour nous éclairer !

— Bah ! On y voit assez clair pour se diriger, juge Claude. Venez ! Explorons ce passage !

47

— Brr... Cela ne me tente pas vraiment ! avoue Annie en frissonnant. Sans parler des éboulements qui peuvent se produire, nous risquons de rencontrer des...

— Des araignées, des rats, des voleurs, des fantômes, des assassins, des loups-garous et des sorcières ! achève Mick en imitant le ton geignard de sa sœur. Ce que tu peux être cloche, ma pauvre fille !

— Mick ! Surveille ton langage ! gronde François.

— Allez ! Vous venez ? répète Claude, impatiente.

Mick s'engouffre dans le passage sur les talons de sa cousine. François et Annie suivent avec plus d'hésitation. Le boyau, large et aéré, est tout à fait praticable. Mais il prend fin au bout de quelques mètres. Les enfants se trouvent alors en face d'une bifurcation. À droite, un premier couloir s'enfonce dans la terre. À gauche, un autre monte en pente douce.

Les quatre cousins discutent afin de décider de la direction à prendre.

— À mon avis, dit Claude, il n'y a pas à hésiter. Puisque notre but est de sortir au sommet de la falaise, grimpons donc et prenons le boyau de gauche !

— L'entrée est plus étroite que celle du couloir de droite ! fait remarquer François. Nous aurons plus de difficultés à progresser !

— Mais si l'autre nous conduit en enfer, dit Mick en ricanant, nous serons bien avancés !

— Attendons plutôt la marée basse, suggère Annie.

— Ah ! non, s'écrie Claude. Je commence à grelotter, moi ! Il me tarde de rentrer me changer. Sans compter que je dois alerter les gardes-côtes pour qu'ils repêchent mon pauvre *Saute-Moutons*. Ah ! et puis, tiens ! Regardez ! Dag est comme moi ! Il a choisi la voie de gauche. Hé ! Dag ! Attends-nous !

Effectivement, Dagobert vient de s'engager dans le couloir montant. François songe qu'après tout l'instinct du chien n'est pas à ignorer.

— Très bien ! accepte-t-il. Suivons-le !

Les Cinq se mettent à cheminer en file indienne dans l'étroit couloir, plus difficile à suivre que le précédent. Des pierres roulent sous leurs pas. À plusieurs reprises, Annie laisse échapper des cris de frayeur. On voit de plus en plus mal. La pâle lueur verte diffusée par les murs ne dissipe pas entièrement les ombres.

Claude, qui marche en tête, s'arrête soudain. C'est que Dagobert, devant elle, vient d'en faire autant.

Elle s'inquiète.

— Hé Dag ! Que t'arrive-t-il ?

Dag répond par un « ouah » particulier que Claude, immédiatement, comprend.

— Attention ! lance-t-elle à ses cousins qui arrivent, Dago nous signale un danger !

Mick allonge le cou.

— Je ne vois rien, moi, dit-il en écarquillant les yeux.

Claude se penche en avant, puis, allongeant un pied précautionneux, tâte le sol du bout de sa sandale.

— Dag nous a arrêtés à temps ! dit-elle alors. Il y a un trou, là, juste devant nous. Si nous avions continué à marcher, nous tombions dedans !

— Retournons en arrière ! supplie Annie.

— Jamais de la vie ! Attends ! Il y a peut-être un moyen de contourner cette espèce de puits !

Et Claude, se plaquant contre une des parois, se met à progresser de côté, le dos tourné au rocher, en tâtant toujours le sol du pied... Elle découvre alors que le trou n'occupe que le centre du passage et qu'on peut facilement le contourner... ce que la bande fait aussitôt sans dommage ! Après quoi, le couloir continuant à monter en pente de plus en plus raide, les Cinq sont obligés de poursuivre leur chemin parfois courbés à l'extrême, parfois... à quatre pattes ! Dago est le seul à trouver cette position normale.

Claude annonce soudain d'une voix claironnante :

— Hourra ! Nous arrivons !

Déjà, de leur côté, François, Mick et Annie s'exclament à leur tour :

— Enfin ! De la lumière !

— Je vois le jour ! Nous allons pouvoir sortir !

— Si l'orifice est assez grand pour nous le permettre !

Le boyau s'élargit brusquement. Les Cinq débouchent au centre d'une petite rotonde taillée en plein roc et prenant le jour par un trou situé juste au-dessus de leur tête. François n'a qu'à lever les bras pour émerger à l'air libre.

— Attention ! lance-t-il aux autres. Je suis sorti au milieu d'un buisson d'ajoncs... Ça pique !

Claude, Mick et Annie se hissent à leur tour.

51

— Ouf ! dit Mick. On est bien mieux en plein air !

— Il ne pleut plus, constate Annie, toute contente.

Claude ne dit rien. Le front plissé, elle regarde autour d'elle. Soudain, elle demande :

— Cet endroit ne vous rappelle rien ?

Surpris, ses cousins jettent un coup d'œil rapide. François est le premier à réagir.

— Mais si ! Nous sommes au sommet de la falaise, dans le pré en pente où nous avons pique-niqué l'autre jour. Je le reconnais parfaitement.

— Et moi, s'écrie de son côté Annie, je reconnais le buisson d'ajoncs que j'avais vu bouger... C'est celui qui cache le trou d'où nous venons de sortir !

— Mais oui ! réplique Claude, soudain rose d'animation. Alors, tu ne t'étais pas trompée, Annie ! Quand tu as vu ce buisson bouger, c'est qu'il y avait bien quelqu'un parmi ses branches... quelqu'un qui voulait sortir de ce couloir souterrain, mais que notre présence a obligé à rester terré dans son trou...

Annie ouvre de grands yeux.

— Des gens auraient donc déjà utilisé ce passage ? s'écrie-t-elle.

Mick lui rit au nez.

— Comme si c'était une question à poser ! Ce que tu peux être sotte, ma petite ! Penses-tu donc que nous sommes les premiers à passer par ce trou ?

Annie hoche la tête.

— Non, bien sûr... Mais une chose me semble bizarre... Pourquoi la personne qui était là l'autre jour est-elle restée cachée ?

— Facile ! réplique Claude. Si notre inconnu n'a pas bougé de sa cachette, c'est qu'il tenait avant tout à ne pas être vu !

— Et quand on se cache de cette manière, ajoute Mick avec gravité, c'est qu'on n'a pas la conscience tranquille !

Annie frissonne.

— Tu veux dire que... que... cet inconnu pouvait avoir de mauvaises intentions... que c'était peut-être un voleur ou...

— Ou un assassin, ou un fantôme, ou un loup-garou, continue Mick. Oh ! là ! là ! ma petite ! Tu ne vas pas te remettre à égrener ton chapelet de motifs à claquer des dents ! Change de disque ! Ce que tu peux être froussarde !

François intervient, apaisant :

— Je pense qu'il doit s'agir d'un braconnier qui ne tenait pas à se montrer, tout simplement ! déclare-t-il en enfilant son short encore mouillé. Bon ! Et maintenant, rentrons vite. Je ne tiens pas à attraper une pneumonie. Dépêchez-vous de vous rhabiller !

Bien sûr, les Cinq sentent la nécessité de regagner rapidement *Les Mouettes*. N'empêche que, dévorés de curiosité, ils songent déjà à revenir explorer en détail le mystérieux souterrain.

chapitre 6

Deuxième exploration

La journée du lendemain commence bien. Le *Saute-Moutons*, repêché au large par les gardes-côtes, est ramené à Kernach et restitué à sa propriétaire. Claude se réjouit en criant :

— Mon bateau ! Je le croyais presque perdu. Je suis bien contente de l'avoir récupéré ! Et, heureusement, il a à peine souffert de la tempête.

— Laisse-le sécher, conseille François. Ensuite, si tu veux, nous en profiterons pour le repeindre !

Claude accepte joyeusement. Le mauvais temps ayant fait place à un beau soleil, les

55

enfants, ce matin-là, décident de retourner à la grotte... en partant, cette fois-ci, du sommet de la falaise. Ils prennent leurs vélos, et en route !

Le vent de la course n'empêche pas Claude de parler :

— Je veux en avoir le cœur net, déclare-t-elle. Si quelqu'un a utilisé le passage secret, il faut découvrir pourquoi !

— Le passage relie la plage au sommet de la falaise, fait remarquer Mick. Peut-être sert-il à des contrebandiers.

— Tout de suite les grands mots ! s'écrie François. Ton imagination t'égare, Mick !

— Après tout, nuance Annie, ce couloir est peut-être simplement un raccourci connu des gens du coin…

— Mais pourquoi la personne qui s'y trouvait l'autre jour se cachait-elle ? insiste Claude. Et puis, n'oubliez pas qu'il y a un second boyau qui, lui, descend ! Je veux savoir où il conduit...

Les Cinq ne tardent pas à arriver dans la prairie, en bas de la petite colline. Les enfants mettent pied à terre et, ayant poussé leurs vélos au fond d'un bosquet, se dirigent vers le gros buisson d'ajoncs épineux au milieu duquel se dissimule l'entrée du mystérieux souterrain.

Rien ne bouge...

En vue d'une exploration méthodique, chacun s'est muni d'une lampe de poche. Claude, impétueuse à son habitude, se précipite la première.

Déjà, elle tend la main vers les branches avec l'intention de les écarter, quand soudain elle s'immobilise comme pétrifiée sur place.

Dag s'arrête lui aussi et se met à gronder.

— Chut ! murmure Claude à ses cousins. N'avancez pas ! J'entends du bruit ! Quelqu'un vient !

François, Mick et Annie se figent à leur tour. Leur cœur bat à se rompre...

Que va-t-il se passer ?

Qui va sortir du souterrain ?

Soudain, Dagobert se rue en avant...

Au même instant, une énorme boule de fourrure jaillit du buisson et dévale la colline... comme un lièvre. En fait, c'en est un ! Et de belle taille ! Claude réagit aussitôt.

— Dag ! appelle-t-elle. Reviens tout de suite ! Tu n'as pas honte de faire peur à ce pauvre animal ?

Dagobert, enchanté de s'être dégourdi les pattes, revient en remuant la queue tandis que le lièvre disparaît dans la nature.

Annie se met à rire un peu nerveusement après cette fausse alerte.

— J'ai eu peur ! avoue-t-elle.

— Bon ! grommelle Claude. Assez de temps perdu comme cela ! Tu as des lampes électriques, Mick ! Allons-y ! Qui m'aime me suive !

Les quatre enfants et Dag se faufilent dans le souterrain. Là, François allume sa torche. Les autres gardent la leur en réserve. Tous se mettent en file indienne. Cette fois, la lumière de la lampe éclaire nettement le trou dans lequel, la veille, Claude serait tombée sans l'avertissement de Dago... C'était un effondrement du sol qui a, autant qu'on peut en juger, d'assez vastes proportions.

Mick ramasse une pierre et la laisse tomber dans le trou. Il compte sept secondes avant de l'entendre rebondir au fond.

— Eh bien ! siffle-t-il entre ses dents. Cela fait une jolie profondeur ! Cette falaise doit être trouée comme un gruyère !

Les enfants contournent l'excavation et, au bout d'un temps assez court, atteignent l'endroit où s'embranche le second couloir souterrain.

Claude s'écrie, triomphante :

— Nous voici arrivés à la bifurcation ! Vous voyez le second couloir ?... Il paraît s'enfoncer au centre de la terre.

François écarte sa cousine.

— Laisse-moi passer le premier, exige-t-il. Je suis l'aîné. C'est à moi de prendre des risques... s'il y en a !

— Bah ! Ce boyau doit finir en impasse... murmure Annie. Et ce serait tant mieux, vous savez ! Ces explorations hasardeuses m'effraient toujours un peu.

— Froussarde ! lance Mick. Allez, François ! Éclaire devant toi et avance ! Nous te suivons !

François s'engage dans le couloir qui, au-delà de la lumière projetée par sa lampe électrique, n'est qu'un trou d'ombre. La lueur verte qui éclaire l'autre passage est totalement absente.

Les Cinq, cheminant en file indienne, ont l'impression de descendre en Enfer. Annie se sent de moins en moins rassurée. Elle respire mal, oppressée par l'étrange atmosphère qui l'entoure.

Claude elle-même, la bavarde, se tait. Dago la suit, le museau sur ses talons. Soudain, François pousse une exclamation qui fait sursauter les autres :

— Super ! Le couloir s'élargit...

C'est vrai. Jusqu'alors, les parois du souterrain étaient si rapprochées qu'elles permettaient juste le passage des jeunes explorateurs. À présent, non seulement le boyau s'élargit en effet, mais il s'arrondit en une salle basse, assez spacieuse.

Annie pousse un soupir de soulagement. Malheureusement, cet instant de détente est de courte durée...

Presque aussitôt, la fillette pousse un cri d'effroi :

— Au secours ! Une main vient de me frôler les cheveux !... Oh ! cela recommence ! François ! Mick !...

Au-dessus de sa tête, un bruit, comme un battement d'ailes, claque faiblement. Claude et Mick bondissent, éclairés par François. Claude éclate de rire : dans le halo de lumière, la tête blonde d'Annie, affolée, apparaît tandis qu'une inoffensive chauve-souris, aussi apeurée que sa victime, tournoie autour d'elle.

— Annie ! Ce n'est qu'une chauve-souris. Arrête un peu de hurler !

Annie, penaude, se tait. Après tout, sa vie n'était pas en danger !... La chauve-souris effleure la lampe de François, puis s'élance vers le plafond. C'est comme un signal ! Presque instantanément, des dizaines de chauves-souris, dérangées dans leur sommeil, se laissent tomber de la voûte rocheuse et se mettent à tourbillonner dans la caverne, en un étrange ballet muet.

Cette fois, Annie est incapable de se maîtriser. Elle pousse des cris stridents. Dago, surpris, commence à aboyer. Claude le gronde très fort. Mick peste contre les chauves-souris.

Tout cela fait un vacarme infernal... C'est François qui dénoue la situation de la manière la plus simple du monde... S'étant aperçu que le couloir se prolonge au-delà de la salle aux chauves-souris, il s'y engage... Comme c'est lui qui éclaire le chemin, les autres se précipitent immédiatement à sa suite.

Restées maîtresses du champ de bataille, les chauves-souris se calment aussitôt.

Dans l'étroit passage, les enfants se dépêchent.

Annie, mal remise de son émotion, respire à petits coups. Cette excursion lui déplaît de plus en plus... François s'arrête un instant pour lui demander avec une pointe d'inquiétude :

— Tout va bien, Annie ? Tu n'as pas l'air dans ton assiette...

Sa sœur sourit.

— Je me porte très bien, mais... je ne suis pas rassurée, avoue-t-elle. J'ai l'impression que nous allons au-devant de graves ennuis.

— ENNUIS, *ennuis,* ennuis ! répète une voix caverneuse devant elle.

— Oh ! s'exclame la benjamine des Cinq.

— OH ! *Oh* ! Oh ! répète la voix, comme pour la railler.

Les Cinq s'arrêtent net, pétrifiés, juste au seuil d'une salle taillée dans le roc, plus vaste encore que la précédente. Ils ne voient personne.

— Qu'est-ce que c'est ? chuchote Mick.

— Un écho ! s'écrie Claude en éclatant de rire. Ce n'est pas plus effrayant que ça !

— Ha ! *ha !* ha ! fait l'écho en amplifiant le rire et lui ajoutant une note presque menaçante.

Dago, sur le moment interdit, regarde de tous les côtés pour essayer de découvrir

62

l'ennemi invisible qui le défie de la voix. N'apercevant personne, il se déchaîne :

— Ouah ! Ouah !

Bien entendu, l'écho lui donne la réplique. Il se déclenche, sous la voûte sonore, un vacarme si assourdissant que Claude elle-même en est presque épouvantée.

François s'empresse d'entraîner ses compagnons. Pourtant, la traversée de la caverne aux échos n'est pas une mince affaire. Quelle cavalcade ! Annie hurle de peur ! Dag aboie... et l'écho n'arrête pas de vociférer dans les oreilles des jeunes explorateurs. C'est un tintamarre à crever les tympans !

Par contraste, le silence paraît étouffant aux Cinq quand ils se trouvent de nouveau engagés dans le couloir. Celui-ci continue à descendre. François s'inquiète :

— Jusqu'où nous conduira-t-il ? Je me demande si nous ne ferions pas mieux de revenir sur nos pas !

— Jamais de la vie ! proteste Claude. Tiens ! D'où vient ce grondement ? Vous entendez ?... On dirait que...

Elle s'interrompt brusquement pour s'écrier :

— Oh ! Regardez !

63

Tout en parlant, elle a repris la tête de la colonne, ce qui lui permet, la première, de faire l'intéressante découverte... Pour la troisième fois, le couloir débouche sur un vaste espace. Mais, cette fois-ci, il s'agit de bien autre chose que d'une simple caverne !

chapitre 7

Dagobert grogne

Là, sous les yeux des quatre cousins effarés, une rivière souterraine coule, rapide, encaissée entre deux banquettes rocheuses formant un quai.

— Quelle découverte ! s'exclame François.

— On croirait voir un décor de théâtre ! constate Mick.

— Explorons ! Explorons ! lance Claude avec entrain.

Les enfants se précipitent. La voûte est haute. On circule facilement dans ce vaste espace souterrain. Annie respire mieux. Elle se sent revivre !

La petite troupe s'immobilise un instant, pour contempler la rivière.

— On dirait, pense tout haut François, que ce cours d'eau se dirige droit vers la mer !

— C'est même certain ! affirme Claude. Si nous plongions là-dedans, nous finirions par déboucher dans la crique où nous avons abordé après notre naufrage.

— Pas si sûr que ça ! fait remarquer Mick. La voûte peut s'abaisser brusquement et nous mourrions noyés bien avant de ressortir à l'air libre.

— Dites donc ! proteste Annie. Si nous parlions de choses plus réjouissantes ?

Claude ne répond rien. Les yeux fixés à terre, elle semble pétrifiée. Enfin, elle murmure :

— Regardez ! Là... Un anneau de fer !

Elle ne se trompe pas. Un anneau de fer est scellé dans la banquette rocheuse, presque au ras de l'eau.

— Il semble neuf ! observe Mick. Cela prouve que des gens amarrent parfois leur bateau ici !

— C'est exactement ce que je pense !

— Vite ! Cherchons d'autres traces !

Claude, ayant allumé sa lampe électrique, fouine déjà à droite et à gauche. Soudain, elle pousse une exclamation... Derrière une saillie du rocher, bien cachée dans un recoin, elle vient de découvrir une caisse...

Ses cousins forment un cercle autour d'elle et l'aident à tirer de sa cachette le grossier coffre de bois.

— Ça, alors ! souffle François en soulevant le couvercle.

Claude, Mick et Annie se penchent pour voir.

Il y a trois sacs dans la caisse !

Dévorés de curiosité, les enfants se penchent un peu plus. Que renferment ces sacs ?

Les jeunes détectives ont-ils le droit de les ouvrir ? Claude tranche la question.

— Nous ne sommes pas sur une propriété privée... et je soupçonne quelque chose de louche là-dessous. Regarde ce qu'il y a dans ces sacs, François !

L'aîné des Cinq porte toujours sur lui un couteau suisse. Après une brève hésitation, il le prend et coupe la corde qui ferme l'un des sacs dont il répand le contenu sur le sol... Alors, les quatre cousins, sidérés, restent bouche bée, incapables d'articuler une parole.

À leurs pieds viennent de rouler pêle-mêle des pièces d'or, des bijoux précieux, des médailles anciennes...

67

— Un trésor… balbutie Annie, stupéfaite.

— Oui, on dirait, ajoute François.

— Il y en a pour des millions et des millions, c'est sûr ! renchérit Mick.

Sans rien dire, Claude se baisse pour ramasser une magnifique rose d'or, aux pétales finement ciselés, sur lesquels de petits diamants figurent la rosée et dont les feuilles, entre leurs nervures d'or, sont constituées par de fines émeraudes.

Un cri d'admiration échappe à Annie :

— Mais... mais.... bégaye-t-elle, c'est la fameuse rose dont la radio a tant parlé, celle qui a été volée il y a quinze jours au château d'Escolan !

— Exact ! confirme François en prenant le bijou pour l'examiner. Et voilà qui prouve que nous sommes actuellement...

— ... Dans le repaire de la bande des pilleurs de châteaux ! achève Claude froidement.

Annie retient un cri. Les événements vont trop vite pour elle !

Mick, plein de sang-froid, éventre les deux autres sacs. L'un contient des rouleaux de toile mais que François et Claude reconnaissent au premier coup d'œil : ce sont des œuvres peintes par de grands artistes ! Ils en ont vu les reproductions à la télévision, lors d'une émission spéciale qui a suivi le cambriolage de la tour de Lencoët !

— Plus de doute, déclare François, perdu dans la contemplation d'une des toiles.

— En effet ! renchérit Claude. Nous avons mis en plein dans le mille en venant ici. C'est la caverne des quarante voleurs.

— Et moi, j'en reste Baba ! plaisante Mick.

Annie s'est un peu ressaisie. Soigneuse comme elle est, elle ne peut pas s'empêcher de faire remarquer :

— Ces gens sont des vandales ! Ils ont roulé les toiles à l'envers, la peinture à l'extérieur !

François sourit.

— Mais c'est comme ça qu'il faut faire, tu sais, pour éviter, justement, de les abîmer...

Mick secoue le dernier sac. Il s'en échappe... de merveilleuses montres d'or qui roulent dans toutes les directions.

— Les montres du château de la Mulotière... commente Claude, ébahie. Celles que nous avons admirées là-bas et dont le marquis de Penlech se montrait si fier ! Il va être content que nous ayons retrouvé son trésor !

— Je suppose, dit François lentement, que cette caverne sert d'entrepôt aux voleurs. C'est là qu'ils entassent leur butin en attendant, sans doute, de l'écouler à l'étranger... après avoir retiré les pierres des bijoux, camouflé les toiles et peut-être, qui sait, fondu les montres en or !

— Visiblement, poursuit Claude, nous avons découvert cette cachette juste à temps ! Encore un peu et toutes les richesses volées par les pilleurs de châteaux disparaissaient à jamais. Nous pouvons nous féliciter !

Annie est devenue pâle.

— Ce dont nous pouvons surtout nous féliciter, déclare-t-elle, c'est d'avoir abouti à ce repaire de voleurs sans tomber sur eux ! Partons vite !

— Pas tout de suite ! s'écrie Mick. Avant, il faut remettre ces objets dans les sacs et ces sacs dans la caisse. Puis nous replacerons celle-ci dans sa cachette.

— Tu as raison ! approuve François. Nous ne pouvons pas déménager tout ce butin... d'autant plus qu'il doit y avoir d'autres caisses cachées par-ci, par-là...

— Certainement ! enchaîne Claude. Remettons tout en place et courons alerter les gendarmes. C'est la seule chose à faire !

Tous se dépêchent de traîner la caisse là où ils l'ont trouvée. En effet, il ne s'agit pas d'éveiller les soupçons des bandits avant que la police ne vienne les arrêter et prendre possession des objets volés.

Claude et ses cousins, s'étant assurés qu'il ne reste aucune trace de leur passage dans la caverne, s'apprêtent à faire demi-tour et à repartir par où ils sont venus.

— On peut dire que notre expédition a été couronnée de succès ! conclut Claude, enchantée. Il faut reconnaître que la chance nous a souri. À peine commencée – et à l'aveuglette, en plus ! – notre enquête est déjà finie. D'ici peu, les bandits seront sous les verrous. Vive le Club des Cinq !...

Un grognement de Dag l'interrompt tout net.

Afin d'aller plus vite pour tout remettre en ordre, les enfants ont allumé leurs quatre lampes de poche. Posées à même le sol ou coincées dans des failles des rochers, les ampoules fournissent une clarté assez vive.

— Vite ! ordonne Claude. Éteignons nos torches. Dag ne grogne jamais sans raison !

François, Mick et Annie se dépêchent d'obéir. Dans la pénombre, leur cousine pose une main apaisante sur la nuque de son chien dont elle sent les poils se hérisser.

— Chut, Dago ! Ne fais pas de bruit !

L'intelligent animal comprend et se tait. Mais il reste en alerte, la tête tournée vers l'aval du cours d'eau souterrain. Les jeunes détectives l'imitent. Ils retiennent leur respiration et leurs yeux s'écarquillent pour tenter de percer les ténèbres. Au bout d'un moment, ils commencent à distinguer vaguement le contour des rochers autour d'eux.

Dag n'a pas bougé ! Il regarde toujours dans la même direction. Les quatre enfants, retenant leur souffle, tendent l'oreille.

Tout d'abord, ils ne perçoivent rien. Puis Claude surprend comme un clapotis.

— Un bruit de rames… murmure-t-elle.

Qui peut bien venir ainsi dans l'ombre ?

« Les voleurs. Bien entendu ! » se dit Annie en répondant mentalement à la question que chacun se pose.

Elle porte le poing à sa bouche. Il lui faut tout son courage pour ne pas crier !

François devine l'angoisse de sa petite sœur et, en silence, lui passe un bras autour des épaules. Il la sent trembler de peur et se tient prêt à la défendre si besoin. Tout à coup, une faible lueur danse sur l'eau, là où Dagobert tient les yeux fixés.

Cette lumière déclenche une réaction rapide de Claude.

— Cachons-nous ! fait-elle dans un murmure. Il ne faut pas qu'on nous surprenne ici !

Tout en parlant, elle file sans bruit en direction d'un éperon rocheux, imitée par Dagobert. Mick la suit. Annie reste clouée sur place, l'épouvante l'empêchant de bouger. François s'aperçoit de sa détresse, la prend par le bras et l'entraîne...

— Viens ! fait-il tout bas.

Annie ne résiste pas et se laisse conduire.

Maintenant, dissimulés derrière le pan de roc, les Cinq sortent la tête hors de leur cachette... et observent de tous leurs yeux.

La lumière se fait plus vive d'instant en instant. Et soudain, la flamme d'une torche apparaît au tournant de la rivière. Cette torche est fixée à l'avant d'un canot dans lequel se trouvent trois hommes aux mines sombres. Celui qui rame est blond, taillé en athlète. Les deux autres sont bruns et minces. L'un d'eux porte une courte barbe.

Un murmure de voix parvient aux enfants. Chacun pense la même chose :

« Ces hommes viennent là pleins d'assurance. Ils connaissent donc parfaitement les lieux... Ce sont, sans aucun doute, les fameux et insaisissables pilleurs de châteaux ! »

Pour une fois, Claude elle-même n'est pas rassurée ! Quant à Annie, mieux vaut ne pas en parler !

chapitre 8

Les Cinq en déroute

La barque se rapproche. Bientôt, elle vient se ranger le long de la banquette en forme de quai.

Le colosse blond lâche les avirons et saute à terre. Puis il tire la barque et, sans se presser, entreprend de l'attacher à l'aide d'une corde qu'il passe dans le gros anneau de fer.

Pendant ce temps, ses compagnons déchargent un sac qui semble très lourd.

— Eh, Éric ! grommelle l'un d'eux en s'adressant au géant blond. Dépêche-toi un peu et donne-nous un coup de main !

Le dénommé Éric, qui ressemble à un Viking, dévoile ses dents blanches en affichant un large sourire.

— Je me demande ce que vous deviendriez sans moi !

— Nous nous tirerions très bien d'affaire, riposte l'un des bandits bruns. Tu as peut-être des muscles, mais nous avons, nous, de la cervelle. Pas vrai, Manu ?

— Ouais, José ! réplique son compagnon.

— Bah ! Ne nous disputons pas ! tempère Éric. Réjouissons-nous plutôt de voir notre trésor grossir de jour en jour !

— Encore un ou deux châteaux à écumer et nous filerons à l'étranger ! s'écrie José.

— Bon ! En attendant, rangeons notre butin de cette nuit !

Les enfants tremblent d'être découverts. Si les bandits s'avisent de venir dans leur direction, ils sont perdus !

À voir la mine sinistre des trois hommes, on ne peut s'attendre à aucune clémence de leur part !... François presse la main d'Annie tremblante, comme pour lui transmettre de la force. Claude, de son côté, apaise d'un geste Dago qui fait mine de bondir...

Heureusement, les craintes des jeunes détectives sont sans fondement. Loin de se diriger vers eux, les bandits leur tournent le dos.

Transportant l'énorme sac, ils s'approchent de la caisse qu'ont trouvée les enfants, la dépassent et, d'une autre cachette située un peu plus loin, tirent un second coffre, identique au premier... De leur refuge, Claude et ses cousins les voient faire basculer le sac à l'intérieur.

La voix de José leur parvient, satisfaite.

— Ce dernier cambriolage nous rapporte encore plus que les autres ! Quand on fera le partage, chacun de nous aura droit à un joli magot !

— Et nous l'aurons bien mérité ! estime Manu.

Éric s'esclaffe.

— Ce qui me fait rire, c'est de penser à tous ces policiers qui s'acharnent à tenter de nous arrêter. Nous sommes bien trop malins pour nous faire prendre ! La façon dont nous sommes entrés au château de la Mulotière, entre autres, leur pose une énigme qu'ils ne sont pas près de résoudre. Ha, ha, ha !

Dans sa cachette, Claude serre les poings. Avec son tempérament bouillant, elle a envie de crier :

77

— Vous avez tort de vous réjouir à l'avance, bande d'escrocs ! Attendez un peu que nous soyons sortis d'ici et vous éprouverez des émotions fortes. Frottez-vous les mains pendant qu'il en est temps encore. Demain, vous n'aurez pas autant de raisons de chanter victoire !

François, plus raisonnable, se contente de souhaiter tout bas que la présence des Cinq reste, jusqu'à la fin, ignorée des bandits.

Mick et Annie, comme François, espèrent bien que, dès leur travail terminé, les bandits repartiront dans leur barque. Aussi guettent-ils avec anxiété les moindres gestes des trois hommes. Ceux-ci, après avoir mis leur butin à l'abri, reviennent maintenant vers l'embarcadère.

« Ouf ! Ils s'en vont ! » pense Claude.

Au même instant, quelque chose lui frôle la cheville et file entre les pattes de Dago... Un rat !

Cette fois, Claude n'a pas le temps de prévoir et d'empêcher le réflexe de son chien... Dagobert, oubliant qu'on lui a ordonné de rester discret, cède à son instinct de chasseur. D'un bond, il se jette en avant, à la poursuite du rat en aboyant :

— Ouah ! Ouah ! Ouah !

Bien entendu, ce tapage est entendu par les bandits qui se préparent à embarquer. Stupéfaits, ils se retournent pour apercevoir Dag traquant un rat.

— Un chien ! s'exclame Éric. D'où sort-il ?

— Ça alors ! bredouille José qui n'en croit pas ses yeux.

— Attrapons-le ! jette Manu en se précipitant vers Dag.

Mais le chien ne l'attend pas... Son gibier vient de s'engouffrer dans le boyau par lequel les enfants sont arrivés. Dagobert n'entend pas le laisser fuir. Sans se soucier des bandits qui, criant et gesticulant, s'élancent dans son sillage, il disparaît dans le couloir. Le souterrain s'emplit aussitôt de ses aboiements.

La curieuse chasse s'éloigne dans l'ordre suivant : en tête le rat, bon premier, puis Dago. Derrière : Éric qui fait d'énormes enjambées. Enfin José et Manu se suivent de peu. Soudain, un vacarme infernal s'élève au loin...

Les enfants, dans leur cachette, échangent des regards effarés.

— Ils sont arrivés dans la salle des échos, explique Mick d'une voix sourde. Les cris et les aboiements sont amplifiés.

— C'est affreux ! balbutie Annie au bord des larmes.

François prend une décision :

— Il ne faut pas moisir ici, déclare-t-il. Dans un instant, les bandits seront de retour et se mettront à notre recherche.

— Mais ils ne savent pas que nous sommes là... murmure sa sœur avec un sanglot rentré.

Mick a un mouvement d'impatience.

— Tu te doutes bien que ces hommes comprendront vite que Dagobert n'est pas venu tout seul. Ils se sont élancés à sa poursuite par réflexe, mais, s'ils l'attrapent, ils regarderont immédiatement son collier et sa plaque.

— Dag n'a ni plaque ni collier ! rappelle Claude.

— Et s'ils ne l'attrapent pas, ils reviendront fureter par ici... De toute manière, ils fouilleront le coin, nous découvriront et...

— Assez parlé ! coupe François. J'insiste pour que nous filions tout de suite. Venez vite !

Il prend Annie par le bras et l'entraîne à sa suite. Mick bondit à son tour de sa cachette, suivi plus lentement par Claude. Il court vers son frère.

— Mais… François ! Nous ne pouvons pas fuir par où nous sommes venus puisque les bandits occupent le passage...

— Bien sûr ! D'ailleurs, ce n'est pas au couloir que je pense, répond l'aîné des Cinq avec calme. J'ai une autre idée en tête. Suivez-moi !

L'idée de François est à la fois simple et ingénieuse...

— Puisque Éric et ses complices sont arrivés ici en barque, c'est que la rivière est praticable et nous conduira droit à la mer... Vu les circonstances, c'est la seule issue qui soit à notre disposition puisque le souterrain nous est interdit. Et le moyen de locomotion est tout trouvé : le bateau de nos ennemis ! Nous serions stupides de ne pas en profiter !

Mick a pleinement confiance en son frère. Tout en galopant sur ses talons, il pense de son côté :

« La situation est critique. Mais ce qui m'ennuie le plus, c'est de voir notre enquête ruinée. Nous avions obtenu de si brillants résultats ! Dire qu'il ne restait plus qu'à avertir la police pour sauver les trésors volés ! Il a fallu que Dag fasse l'idiot au dernier moment... C'est bien la première fois

81

qu'un des Cinq sabote le travail de toute l'équipe ! »

François, remorquant toujours Annie, s'arrête devant l'embarcadère. Puis, désignant le bateau :

— Vite ! ordonne-t-il. Sautez là-dedans ! C'est notre seule chance ! Le courant aura vite fait de nous emporter vers la mer... et privera du même coup les bandits de leur moyen de transport. Avec un peu de chance, nous réussirons peut-être à avertir les gendarmes et à revenir ici avec eux avant que ces types n'aient eu le temps de tout déménager. Il leur faudra pas mal d'allées et venues par le souterrain avant d'y arriver ! Surtout, je crois qu'ils seront pressés de se sauver eux-mêmes. Allez ! Dépêchons-nous !

Mick n'hésite pas. Il bondit dans la barque. Robuste et bien équilibrée, elle remue à peine sous le choc.

François pousse sa sœur en avant. Annie saute dans l'embarcation. L'aîné des Cinq se tourne vers Claude, qui, immobile, se tient un peu en retrait. Devant l'attitude passive, presque hostile, de sa cousine habituellement si dynamique, François s'étonne tout haut :

— Eh bien, Claude ! Tu te décides ? Le temps presse, tu sais ! Allez ! Saute vite !

Claude ne bronche pas. Le front buté, elle répond :

— Partez tous les trois. Moi, je reste.

Les autres la dévisagent, ébahis.

— Tu es folle ! s'écrie Mick. Qu'est-ce qui te prend tout à coup ? Tu veux te faire pincer par les bandits ou quoi ?

— Je veux surtout ne pas m'en aller sans Dago. Vous avez peut-être le cœur de laisser ce pauvre animal avec ces brutes, mais pas moi !

— Ne te fais pas de souci pour Dag ! lance François. Il ne se laissera pas attraper. Il va sans doute filer comme une flèche hors du souterrain et courir droit aux *Mouettes.*

— C'est ce que tu crois ! Il va revenir me rejoindre... et, si je vous suis, il ne trouvera personne ! Jamais je ne l'abandonnerai.

— Mais... en restant... tu risques peut-être ta vie ! l'alerte Annie, affolée.

— Peu importe ! Dago, lui, ne partirait jamais sans moi. Je serais déloyale si je m'en allais.

— Je comprends tes scrupules, Claude, réagit François d'un ton sec. Mais le temps n'est pas à la discussion ! Nous sommes en danger !

Et saisissant sa cousine aux épaules, il répète :

— Allez ! Monte !

Comme Claude résiste, il se décide à employer la manière forte... Soulevant sa cousine à bras-le-corps, il la fait presque dégringoler dans la barque.

— Tiens-la, Mick !

Claude se débat, mais Mick s'accroche à elle et l'empêche de grimper à nouveau sur le quai. François s'empresse de dénouer la corde et saute à son tour.

Il était temps... La barque s'éloigne du bord et, emportée par le courant rapide, commence à prendre de la vitesse, quand Éric, José et Manu jaillissent du souterrain en vociférant.

José aperçoit les enfants et hurle à pleins poumons :

— Regardez ! J'avais raison ! Le chien était accompagné !

Manu s'exclame à son tour :

— Des gosses ! Ce sont des gosses !

Eric gonfle son énorme torse et, dans ses mains en cornet, crie d'une voix de stentor :

— Hep ! Là-bas ! Revenez ! Tout de suite !

— Bien sûr, compte sur nous ! rétorque Mick avec ironie.

— Tais-toi, lui glisse François, et rame !

Claude, très pâle, reste muette. Quant à Annie, morte de peur, elle claque des dents sans pouvoir se maîtriser.

— Ramenez-nous la barque et nous ne vous ferons pas de mal ! lance encore Éric.

Mais déjà le bateau et ses occupants disparaissent à sa vue.

Mick se met à rire.

— Eux qui se croient si malins… ils ne peuvent rien contre nous ! Nous leur avons joué un drôle de tour ! Ha, ha !

chapitre 9

Le plan de Claude

François, laissant à Mick le soin de ramer, s'est installé au gouvernail. Il pilote habilement la barque que le courant emporte à assez vive allure. Les éclats de rire de son frère n'éveillent aucun écho chez lui. Il reste muet, le front plissé par la réflexion.

— Tu en fais une tête, François, remarque Mick, amusé.

— Contrairement à toi, je ne me réjouis pas comme un gosse qui vient de faire une farce !

— Eh bien, quoi, nous ne nous sommes pas mal tirés de ce mauvais pas, il me semble !

— Bien sûr, c'est l'essentiel ! N'empêche que les bandits nous ont vus. Ils savent que nous connaissons leur repaire. Ils vont se dépêcher de filer !

— Écoute, François, j'ai pensé à ça, moi aussi ! Mais je me suis dit une chose : ces hommes ignorent finalement que nous avons découvert les objets volés et que nous savons tout de leurs activités. En conséquence, ils nous prennent simplement pour des jeunes qui, s'amusant à explorer les souterrains, ont trouvé leur barque et l'ont chipée !

— Hum !... Les voleurs sont en général des gens méfiants. Je serais étonné s'ils ne soupçonnaient pas la vérité. Ils vont faire de leur mieux pour déménager au plus vite leur butin et disparaître ensuite. Nous ne pouvons qu'espérer être plus rapides qu'eux !

Mick a arrêté de rire. Il se sent inquiet, tout à coup.

Claude, immobile sur son banc, ne dit rien. Annie pose doucement sa main sur la sienne.

— Claude… murmure-t-elle timidement, tu sembles fâchée.

— Je le suis ! riposte sa cousine en se dégageant avec rudesse. Vraiment, vous n'avez pas de cœur ! Nous sommes le Club des Cinq, oui

88

ou non ? Chacun de nous est solidaire des autres, il me semble ! À mes yeux, l'abandon de Dago est une véritable trahison. Je ne vous pardonnerai jamais de m'avoir entraînée de force !

François fronce les sourcils.

— Tu exagères, estime-t-il. Notre vie est quand même plus précieuse que celle de Dag. En plus, la sienne n'est pas menacée.

— Qu'en sais-tu ? jette Claude avec passion. Ces brutes sont tout à fait capables de l'avoir tué !

— Sois tranquille, dit Mick, apaisant. Ils ne l'ont certainement même pas rattrapé !

— J'en suis persuadée moi aussi, renchérit Annie. Tu as bien vu que les bandits étaient seuls quand ils ont débouché du souterrain.

Claude a un geste d'humeur.

— Qu'est-ce que cela prouve ? s'écrie-t-elle avec humeur. S'ils ont tué Dag, ils n'allaient pas le ramener avec eux !

— Mais à quoi ça leur aurait servi de le supprimer ? réplique Annie avec bon sens. Crois-moi, Claude. Je suis convaincue que Dag s'est très bien débrouillé seul. Il est tellement malin !

Ces paroles rassurantes et flatteuses touchent Claude. Oui, Dag est exceptionnellement intelligent. Il ne faut pas trop s'inquiéter pour lui.

Tandis que Claude reprend espoir, la barque continue à filer bon train. Le cours de la rivière, dirait-on même, commence à se précipiter...

— Je n'y comprends rien, marmonne Mick au bout d'un moment. Cette rivière souterraine devrait avoir un débit plus lent puisqu'elle coule, visiblement, à peu près au niveau de la mer...

— Tu n'y as pas fait attention, dit Claude, mais si le couloir que nous avons suivi descendait au début, il a pas mal grimpé ensuite. C'est l'inclinaison de la pente qui explique ce débit tellement rapide.

— C'est vrai que le couloir montait... surtout entre la grotte aux chauves-souris et celle aux échos, soupire Annie. J'en étais même tout essoufflée.

François avertit soudain :

— Attention ! J'aperçois une clarté, là-bas, devant moi...

Mick se retourne sans lâcher les rames.

— Hourra ! s'écrie-t-il. C'est la lumière du jour !

Claude et Annie poussent à leur tour un cri de joie. La sortie du tunnel se découpe, formant cercle clair au bout du long boyau sombre que les enfants viennent de parcourir.

— Nous sommes sauvés ! lance Annie, en serrant la main de Claude.

— Je me demande où nous allons nous retrouver, marmonne cette dernière, sourcils froncés. Il faut regagner au plus vite l'endroit où nous avons laissé nos vélos ! Le temps presse !

— Ça y est ! Cette fois, nous y sommes ! se réjouit Mick.

La barque jaillit effectivement du tunnel. La marée est haute. Dès que l'embarcation se retrouve sur les vagues, elle marque un temps d'arrêt, puis se balance au gré du flot. Mick, les avirons levés, demande à son frère :

— Et maintenant, François ? Où allons-nous ?

L'aîné des Cinq regarde autour de lui.

— Je vois l'entrée de la grotte du pied de la falaise, dit-il. Mais le chemin qui grimpe vers la route est encore impraticable, comme après notre naufrage... Que faire ?

En face d'une situation délicate, Claude ne reste jamais longtemps démunie.

— Le plus urgent, déclare-t-elle, c'est d'alerter la police. Ensuite, il faut à tout prix voir ce que vont faire les bandits... et les filer quand ils sortiront de leur repaire. Donc, pour commencer, nous allons déposer Annie et Mick dans cette petite crique, au-delà de la grotte. Les rochers, dans ce coin, semblent faciles à escalader. Annie reprendra en vitesse son vélo. Ensuite... à toi de te débrouiller, Annie ! Tu fonceras jusqu'au prochain village et tu iras trouver les gendarmes. Tu leur expliqueras notre aventure et tu reviendras ici avec eux. Surtout, insiste pour qu'ils se dépêchent. Chaque minute compte... Toi, Mick, tu surveilleras l'entrée du souterrain qui se trouve dans les buissons !

— Mais... François et toi ? questionnent Mick et Annie en chœur.

— François fera le guet à l'entrée de la grotte, et moi à l'endroit où débouche la rivière souterraine au cas où les bandits décideraient de sortir à la nage. Ainsi, nous pourrons ou les filer ou les coincer si la chance est de notre côté. Compris ?

Le temps presse. François approuve l'idée de Claude. Au moins, Annie sera à l'abri !

Mick replonge donc ses avirons dans l'eau et se dirige droit vers la petite crique.

Claude ne s'est pas trompée ! Cette baie en miniature, à la plage de sable fin que la marée atteint rarement, est bordée d'éboulis rocheux qui ne sont pas très difficiles à escalader.

Dès que la barque a accosté, Mick lâche les rames et aide Annie à sauter à terre. Puis tous deux se dépêchent de grimper jusqu'à la route qui longe la falaise, au-dessus de leur tête.

Claude ne perd pas de temps. Elle s'installe à la place de Mick, empoigne les avirons et repart, en direction de la grotte cette fois. Arrivée là, elle fait escale pour permettre à François de débarquer à son tour.

— C'est Mick et toi qui avez le plus de chance de voir sortir les bandits ! prévient-elle. Ouvre bien l'œil, François !

— Compte sur moi ! Et sois prudente de ton côté.

— À mon tour de te répondre : compte sur moi !

François hoche la tête et fait la grimace.

— Cette embarcation est vraiment lourde à manœuvrer… cela m'ennuie de te laisser seule.

— Chacun de nous court un risque, réplique Claude, philosophe, en appuyant sur les avirons. Bonne chance !

Et elle s'éloigne, ramant comme un vieux loup de mer, suivie des yeux par François, admiratif.

En quelques minutes, grâce à l'imagination fertile de Claude et à son esprit d'initiative, chacun, s'étant vu attribuer une tâche, s'applique à l'accomplir avec zèle.

Mick et Annie, conscients de l'importance de leur mission, grimpent au flanc de la falaise. Tous deux s'aident des pieds et des mains pour assurer leur prise et passer d'un rocher à l'autre.

Au début, l'escalade leur paraît relativement facile. Puis la pente devient plus abrupte et Mick doit aider sa sœur à plusieurs reprises. Enfin, ils atteignent le sommet...

Pas de temps à perdre !

Mick se précipite vers le buisson d'ajoncs épineux et se cache derrière un arbre proche afin de surveiller discrètement la sortie du souterrain.

Annie, de son côté, se dépêche d'aller chercher son vélo. Elle l'enfourche et file sur la route de Fenic, le village voisin.

« Pourvu que les gendarmes me croient ! se dit-elle tout en roulant, les cheveux soulevés par le vent de la course. Et pourvu, surtout, que nous revenions à temps pour éviter le pire ! François, Claude et Mick, séparés, ne sont certainement pas de taille à tenir tête aux bandits ! »

Mick suit sa sœur des yeux jusqu'à ce qu'elle ait disparu au tournant de la route.

« Bon, songe-t-il. Maintenant, je guette ! ... Hum... que ferai-je si les bandits sortent par cette issue ?... Eh bien, je les suivrai avec discrétion. Je découvrirai où ils se rendent, puis je reviendrai à toute allure prévenir les autres... ou encore je téléphonerai aux gendarmes, ou bien... »

Alors qu'il laisse son imagination divaguer, Annie est arrivée à Fenic. Elle va droit à la gendarmerie et fait au brigadier un récit si convaincant qu'il la croit aussitôt et réunit ses hommes.

— Vite ! ordonne-t-il. Préparez-vous à réussir un beau coup de filet !

Les gendarmes font monter Annie dans leur voiture, placent son vélo sur le toit et, sans perdre de temps, prennent le chemin de la falaise. Le brigadier bout d'impatience... Quel honneur pour lui s'il parvient à capturer les fameux pilleurs et à récupérer le butin !

chapitre 10

Le passage secret

Le trajet est accompli en un temps record. Mick voit surgir la voiture de police avec un véritable soulagement. À peine est-elle arrêtée qu'il se précipite.

— Bonjour ! dit-il aux gendarmes. Une des issues du souterrain est ici, dans ces broussailles. Mais je n'ai vu aucun des bandits en sortir.

— Très bien ! approuve le brigadier.

Se tournant vers un de ses hommes :

— Prenez la relève de ce jeune homme, Lonnel ! Et tirez en l'air à la première alerte !

— Entendu, chef !

Le brigadier, suivi du reste de la troupe, entreprend de descendre au bas de la falaise. Mick et Annie suivent.

François les voit arriver et, comme son frère, explique aux gendarmes :

— Personne n'est sorti de la grotte, je peux vous le garantir !

Annie pâlit.

— Oh… murmure-t-elle. Alors… Claude a dû se retrouver seule avec les bandits…

François met ses mains en porte-voix et appelle vers la mer :

— Claude !... Claude !... Reviens !

Claude contourne le promontoire rocheux qui la dissimule. À la vue des gendarmes, elle s'écrie :

— Alors ? Les bandits ? Vous les avez vus... Non ? Moi non plus ! Autrement dit, ils sont toujours dans le souterrain.

— Eh bien, allons voir ! décide le brigadier.

Ce dernier préférerait ne pas être accompagné par la petite troupe. Mais ses hommes et lui ont besoin d'un guide. François se propose. Mick, Claude et Annie insistent pour le suivre. Le brigadier finit par céder.

— Bon ! dit-il. Au fond, je ne pense pas qu'il y ait de danger. Ces hommes ne doivent pas être armés.

Après avoir chargé un gendarme de surveiller, en barque, l'embouchure de la rivière souterraine, il s'engouffre dans la grotte avec les enfants et les deux autres gendarmes. Tous avancent sans bruit.

Au bout de quelques mètres, François s'engage sans hésiter dans le couloir descendant. Au moment de traverser la caverne aux chauves-souris, Claude conseille d'éteindre les lampes de poche pour ne pas déranger les animaux accrochés au plafond. De même, dans la salle aux échos, elle suggère de marcher plus silencieusement encore si possible. Enfin, la petite troupe, en alerte, débouche sur la rive du cours d'eau souterrain...

Jusqu'alors, on n'a rencontré aucun des bandits. Se peut-il qu'ils soient restés si longtemps sur place ?... Malheureusement, à la grande consternation des quatre cousins, le quai de la rivière est désert. Aucune trace des bandits, ni d'un côté, ni de l'autre !

Cette disparition semble inexplicable... presque miraculeuse. Le brigadier fronce les sourcils.

— J'espère que vous ne vous moquez pas de nous ! dit-il aux enfants. Vous êtes sûrs d'avoir bien vu ?

— Sûrs et certains ! promet François qui fait aussitôt une rapide description des bandits.

— Et leur butin se trouve dans ce coin ! complète Mick. Regardez plutôt !

Mais cette fois encore, les enfants éprouvent une amère déception : les caisses aux trésors ont disparu de leur cachette.

— Pourtant, affirme Mick aux gendarmes, je peux vous jurer qu'il y avait là les tableaux et les bijoux volés dans les châteaux des environs.

Le brigadier se baisse pour ramasser quelque chose.

— Je vous crois... soupire-t-il. Voilà un bijou... une montre en or. Il faut nous rendre à l'évidence... Les pilleurs de châteaux sont partis en emportant leur butin avec eux !

— Mais c'est impossible ! riposte François. Nous avons surveillé les trois issues existantes. Ces types doivent se cacher quelque part !

Au même instant, un joyeux aboiement lui coupe la parole.

— Ouah ! Ouah !

Claude, dont le visage s'illumine subitement, n'a qu'un cri :

— Dago !

Elle aurait reconnu la voix de son chien entre mille.

C'est bien Dagobert, en effet ! Surgi de nulle part, il se rue dans les bras de sa petite maîtresse qu'il salue à grands coups de langue.

Claude n'a pas le courage de le gronder. Elle est folle de joie de le retrouver sain et sauf. Elle a tellement tremblé pour lui ! En parcourant le souterrain, elle n'a pas arrêté d'espérer cette rencontre... Et voilà qu'à la seconde précise où son moral retombe à zéro, le miracle se produit : Dag est là, frétillant, devant elle !

Dissimulant son émotion, elle gratte la tête hirsute qui réclame ses caresses.

— Dag ! Mon Dag ! D'où sors-tu ?

L'intelligent animal paraît comprendre... Faisant brusquement demi-tour, il se précipite vers le coin d'ombre d'où il vient de jaillir.

— Ouah ! Ouah !

— Suivons-le ! décide Claude. Il veut certainement nous montrer quelque chose !

François, Mick, Annie et les gendarmes emboîtent le pas à Claude... Celle-ci s'exclame soudain, stupéfaite :

— Regardez ! Un autre couloir ! Dago se cachait là ! Voyons où il nous conduit ! Je parie que les bandits ont fui par cette issue... Oh ! là ! là ! Pas de chance !

Elle fonce déjà dans le passage, quand le brigadier la stoppe au vol :

— Hé, là ! Doucement ! C'est à moi et à mes hommes d'ouvrir la marche. On n'est jamais trop prudents !

Les enfants doivent donc se contenter de suivre... Si l'entrée du boyau est étroite et presque invisible, le couloir lui-même, large et bien aéré, permet d'y circuler facilement. La petite troupe chemine si longtemps sous terre que le brigadier commence à s'inquiéter.

— Nous avons parcouru au moins un kilomètre !

Soudain, le couloir fait un coude... et l'on aperçoit Dagobert arrêté au fond de ce qui semblait être un cul-de-sac. Il se tient dressé, les pattes de devant appuyées contre le roc.

— Ouah ! Ouah !

Observant un anneau scellé dans la pierre, le brigadier le tire à lui. Le roc pivote alors, découvrant un escalier secret qui monte, assez raide... En silence, la petite troupe le gravit.

Que va-t-on trouver en haut des marches ?

Claude compte une vingtaine de marches. Parvenus en haut, le brigadier et ses hommes s'immobilisent.

— Nous sommes dans une impasse ! bougonne le premier. Je ne vois rien devant moi qu'une paroi lisse. Il doit bien exister une sortie, pourtant... encore faut-il la trouver !

Mick se faufile jusqu'au brigadier.

— J'ai peut-être une idée...

Habilement, il promène ses doigts le long d'un montant invisible. Soudain, on entend un déclic ! Un panneau de section carrée pivote sur lui-même... laissant apercevoir une faible lumière au-delà... Le brigadier pousse vivement Mick de côté.

— Laissez-nous passer ! ordonne-t-il. Il peut y avoir danger !

Avec précaution, les trois hommes se glissent par l'ouverture. Sans demander la permission, les enfants suivent.

— Mais... nous sommes dans la salle d'exposition du château de la Mulotière ! chuchote Annie.

En effet, la petite troupe vient de déboucher dans la salle des vitrines où le marquis de Penlech, quelques jours plus tôt, a fait admirer sa précieuse collection aux quatre cousins. Regardant autour d'eux, ceux-ci s'aperçoivent que l'entrée du souterrain d'où ils sortent se cache derrière la plaque de la cheminée monumentale.

Maintenant, tout devient clair dans leur esprit... C'est par ce passage dérobé que les bandits ont si mystérieusement pénétré dans le château pour le cambrioler. C'est par là qu'ils ont déménagé les montres d'or du marquis. Par là encore que, quelques instants plus tôt, ils se sont enfuis, emportant leur butin... Bien entendu, les gendarmes ont fait le même raisonnement que les enfants.

— Tout s'explique ! comprend l'un d'eux. Ces voleurs ont filé par là avec les bijoux, les pièces d'or, les montres et les toiles de maître... Ils connaissent ce passage et s'en servent à l'occasion. Mais je me demande comment ils ont pu l'utiliser aujourd'hui, en plein jour, sans que le marquis de Penlech, son employé et les visiteurs les arrêtent au passage !

— Facile ! bougonne le brigadier. Aujourd'hui, justement, n'est pas jour de visite au château. Et j'imagine mal le vieux marquis et Yann tenant tête à trois bandits déterminés.

— Oh ! fait François inquiet. Peut-être que ces types ont maltraité M. de Penlech et Yann !

— Nous allons nous mettre à leur recherche ! annonce le brigadier.

Et, se tournant vers ses hommes :

— Fouillons partout ! ajoute-t-il.

Les enfants emboîtent le pas aux gendarmes. Avec prudence, ceux-ci, à l'entrée de chaque pièce, s'assurent qu'il n'y a pas de danger. Simple question de routine, d'ailleurs, car les bandits doivent déjà être loin.

Le rez-de-chaussée du manoir se révèle désert. Mais, au premier, de sourds grognements alertent les jeunes détectives et les gendarmes. Tous se précipitent vers la pièce d'où vient le bruit. C'est manifestement la chambre du marquis. Le petit groupe s'arrête à l'entrée, l'oreille tendue.

— Là ! s'écrie Claude en désignant un placard.

Le brigadier tourne la clé dans la serrure et tire le battant à lui...

chapitre 11

Vantards mais prudents

Le marquis de Penlech et son employé sont allongés côte à côte sur le plancher, étroitement ligotés et bâillonnés.

— M. de Penlech ! s'exclame François. Vite ! Tirons-le de là !

Et, donnant l'exemple, il s'agenouille auprès du marquis, lui enlève son bâillon et tranche ses liens à l'aide de son couteau de scout. Pendant ce temps, le brigadier libère Yann.

— Vous n'êtes pas blessés, au moins ? demande-t-il aux deux hommes.

— Non, non ! répond le marquis. Mais ces bandits ne nous ont pas fait de cadeau !

Pendant qu'ils nous ficelaient, ils se sont vantés du vol de mes montres. Quelle impudence ! Ils nous ont annoncé en riant qu'ils allaient sortir par la grande porte, qu'ils se moquaient des policiers, qu'ils sont les plus malins et qu'ils ne quitteraient la région qu'après avoir fait main basse sur tous ses trésors !

Le brigadier rougit de colère.

— Leur vantardise leur coûtera cher... grommelle-t-il.

— En attendant, reprend le marquis avec amertume, ces malfaiteurs courent toujours... et avec mes précieuses montres ! Dire qu'elles ne sont même pas assurées ! Les visites du château sont mon seul gagne-pain. Désormais, je suis vraiment un vieil homme ruiné !

Annie sent ses yeux se mouiller. Elle s'approche du marquis effondré et lui prend gentiment la main.

— Ayez confiance en la police ! l'encourage-t-elle avec douceur. Quant à nous, le Club des Cinq, nous ferons aussi l'impossible pour retrouver votre collection.

François sourit.

— Tu prends un grave engagement, Annie. Nous ne sommes que des détectives en herbe...

108

— Mais nous ferons de notre mieux pour triompher ! assure Claude d'une voix ferme.

Durant les deux jours qui suivent, Claude et ses cousins consacrent leur temps à observer les progrès de l'enquête officielle. Ils poussent même jusqu'au château de la Mulotière pour rencontrer de nouveau le marquis et surtout parler avec les enquêteurs...

Le marquis ne leur apprend rien de nouveau. Le pauvre homme, plongé dans un cruel ennui, fait pitié à voir. Annie se désole pour lui.

Le policier qui, tout au début de l'enquête, a renseigné les enfants, les reçoit cette fois plutôt fraîchement. Il est vexé d'avoir à reconnaître que ses efforts sont vains. Ils quittent très vite le château.

Cet après-midi-là, les Cinq tiennent conseil sous la tonnelle, dans le jardin des *Mouettes*. François se montre assez pessimiste.

— Les bandits ne font plus parler d'eux, soupire-t-il. À mon avis, malgré leurs fanfaronnades devant le marquis, ils ont pris peur et doivent avoir quitté la région.

— Ce n'est pas si sûr, estime Claude. Ils peuvent très bien se tenir tranquilles quelque temps avant de frapper de nouveau un grand coup !

— En attendant, dit Mick, la piste est interrompue. Nous ne savons pas où trouver Éric et Compagnie... Sans parler de leur butin !

— Nous ne pouvons qu'attendre en espérant un coup de chance ! conclut Annie de son côté.

Le lendemain, les nouvelles locales semblent donner raison à Claude... Le journaliste annonce en effet qu'une antique abbaye, située à une trentaine de kilomètres de Kernach, a été dévalisée au cours de la nuit précédente...

Cette fois, les cambrioleurs ont volé un ciboire d'or, des chandeliers d'argent ciselé, une statue de bois très ancienne représentant une Vierge noire, deux miniatures de valeur et quatre vases sacrés.

— Voilà, s'écrie Claude, qui prouve qu'Éric, José et Manu sont toujours dans les parages !

— À moins qu'il ne s'agisse d'une bande rivale ! émet François.

— Tu penses ! Les bandits ne chassent pas sur le territoire de leurs concurrents, c'est bien connu ! Nos pilleurs de châteaux tiennent parole : ils ne s'en iront qu'après avoir écumé la région tout entière ! Il faut donc les pincer avant !

— Mais comment ? questionne Mick. La police a fouillé toutes les grottes de la côte. Elle a exploré tous les creux de rochers, battu tous les buissons. Tout ça pour rien ! On peut dire qu'ils sont forts, ces bandits !

François se gratte la tête.

— Ce que j'aimerais savoir, dit-il, c'est l'endroit où ces types ont caché leur butin... Ils ont dû faire vite, puisqu'ils étaient pressés par le temps ! La nouvelle cachette ne peut donc pas être très éloignée du château de la Mulotière !

— En plus, ajoute Annie, ils en ont forcément choisi une assez vaste. Les caisses sont de grandes dimensions !

Mick renchérit :

— Elle doit même être assez spacieuse pour qu'ils y restent cachés eux-mêmes jusqu'à ce que les policiers aient fini de passer le coin au peigne fin.

— L'enquête piétine, reprend François, et je ne vois qu'une explication... Ces bandits, à mon avis, connaissent le coin à fond.

— Qu'en penses-tu, Claude ? interroge Annie, voyant que sa cousine réfléchit sans parler.

— Ce que j'en pense ? répond cette dernière, lentement. Eh bien, l'autre jour, ces hommes ont pénétré dans la grotte en barque. Cette barque leur permettait certainement de circuler sans se faire remarquer. C'est un moyen de transport courant dans la région ! Privés de bateau et obligés de trouver en un délai très bref une cachette assez vaste pour les accueillir avec leur butin, ils n'ont pu se réfugier que dans...

— Dans quoi ? demandent les trois autres, haletants.

— Eh bien, dans la caverne où nous les avons rencontrés !

Mick ouvre des yeux ronds.

— Tu veux dire qu'ils seraient retournés dans leur repaire ?

— Bien sûr ! C'est le dernier endroit où on penserait à aller les chercher !

L'hypothèse de Claude étonne ses cousins. François est le premier à revenir de sa surprise.

— Tu pourrais bien avoir raison ! juge-t-il. Cette caverne est en effet la seule à laquelle les policiers n'ont pas pensé. Comme ils n'y

112

ont pas trouvé les bandits au moment où ils espéraient les coincer, ils s'en sont très vite désintéressés.

— Si les bandits ont vraiment regagné leur repaire, enchaîne Annie, ils ne manquent pas d'audace !

— Ça, ils l'ont déjà prouvé ! rappelle Mick. Je crois même qu'ils ont plus de culot que d'intelligence. On surveillait les frontières… alors que ces types entassaient leur butin à deux pas des châteaux pillés ! On imaginait qu'ils allaient fuir à toute allure… en fait ils continuaient à cambrioler sans bruit ! Et sans se presser ! Il n'y aurait rien d'étonnant à ce qu'ils soient retournés à leur première cachette, comme le dit Claude ! Ils doivent même s'y sentir en sécurité !

Claude saute du mur sur lequel elle s'est perchée.

— Eh bien, il n'y a plus qu'à aller voir ! déclare-t-elle paisiblement. Je propose que nous retournions dès cette nuit dans la caverne de la rivière souterraine.

— Tu es folle ! proteste Annie, horrifiée. Ce serait se jeter dans la gueule du loup !

— Pas du tout. Les bandits sont bien obligés de sortir de temps en temps pour se ravitailler. Ils ne peuvent quitter leur repaire

113

que la nuit. C'est donc la nuit que la voie sera libre... Nous en profiterons pour récupérer le butin !

François intervient d'une voix ferme :

— Claude ! Je suis de l'avis d'Annie ! Ce serait une folie, d'aller là-bas ! Prévenons plutôt les gendarmes ! S'ils jugent que tu as raison...

Claude coupe la parole à son cousin.

— Mais s'ils pensent que j'ai tort, nous aurons perdu un temps précieux ! Non, non ! Agissons nous-mêmes. Après tout, le Club des Cinq a déjà prouvé qu'il pouvait très bien se débrouiller seul.

— Ce n'est pas raisonnable ! proteste François.

— Écoutez, dit Mick, je vous propose un compromis : allons là-bas... mais d'abord, laissons un mot à tes parents, Claude. Comme ça, s'il nous arrive un pépin, l'oncle Henri saura au moins où nous sommes. Qu'en dites-vous ?

Il faut pas mal de temps à Claude pour convaincre François. Il lui en faut beaucoup moins pour griffonner un mot à l'attention de son père... Le reste de la journée se passe à fixer, fébrilement, les détails de l'expédition. Il faut prendre le minimum de risques ! Ils envisagent toutes les possibilités.

— À mon avis, avance Mick, la voie la moins dangereuse pour pénétrer dans la caverne est la rivière elle-même. Les bandits n'ont plus leur barque et le *Saute-Moutons* est réparé. En passant par là, nous éviterons de rencontrer les bandits s'ils sont encore dans leur repaire. Et si nous les apercevons de loin, nous n'aurons qu'à faire demi-tour : ils ne pourront pas nous suivre !

— Sans doute, réplique François. Mais tu oublies qu'en canot, nous mettrons un temps fou pour effectuer le parcours. Alors qu'avec nos vélos, nous serons vite sur place.

— D'accord ! accepte Claude. Et nous emporterons une remorque pour transporter les caisses.

Mick se met à rire.

— José et Manu ne sont pas aussi costauds qu'Éric ! s'écrie-t-il. Je parie qu'ils disposent d'un petit chariot pliant pour déplacer les caisses. Nous le trouverons sur place !

— Si tu as raison, tant mieux ! Mais emportons quand même ma remorque, décide Claude. Mieux vaut être prévoyants !

— La véritable prévoyance, bougonne François, c'est d'imaginer les ennuis qui vont nous arriver. Enfin, puisque tout est décidé, nous partirons dès la nuit tombée.

— Mais que dirons-nous à tes parents, Claude ? questionne Annie.

— Que nous sortons pour une petite promenade digestive d'après dîner, tout simplement ! D'ailleurs, ce ne sera pas un mensonge : l'air frais du soir nous fera du bien. Je me sens nerveuse !

Claude a pour principe absolu de ne jamais mentir. Dans les occasions, très rares, où elle ne peut pas s'offrir le luxe de dire toute la vérité, au moins elle évite toute affirmation mensongère. Ce soir-là, pourtant, quand les Cinq se mettent en route, elle éprouve quelques remords... Mme Dorsel voit partir les enfants sans méfiance. Elle ne s'aperçoit même pas que François a attaché une remorque à son vélo.

Une fois sur la route conduisant à leur but, les Cinq filent à vive allure. Personne ne prononce un mot. Dagobert lui-même se tait. On dirait qu'une menace secrète plane sur le petit groupe...

Bientôt, éclairés par la lune, les Cinq arrivent au sommet de la falaise. Le décor leur est maintenant familier.

Après avoir caché leurs bicyclettes et la remorque dans le bouquet d'arbres voisins, ils s'approchent avec précaution de l'énorme buisson qui masque l'entrée du souterrain.

François tend longuement l'oreille avant de faire signe à Claude, Mick et Annie qu'ils peuvent s'y introduire à sa suite. Dago, bien entendu, ne quitte pas sa maîtresse à laquelle il colle comme une ombre.

— L'un de nous ne va pas rester à faire le guet ? demande Annie.

— Non, répond François. Ça ne servirait à rien. Restons groupés au contraire. Mais ouvrons l'œil. À la première alerte, demi-tour à toute vitesse !

La petite procession chemine lentement, avec précaution, jusqu'à la salle des échos qu'elle traverse en retenant son souffle. Jusque-là, tout va bien ! On n'a rencontré personne et, si l'on se fie au silence environnant, le souterrain doit être vide de tout occupant.

Un peu avant de déboucher dans ce que les enfants appellent « la caverne aux voleurs », François ordonne une halte. Lui-même part en reconnaissance... pour revenir bientôt, le sourire aux lèvres.

— La voie est libre, annonce-t-il. J'ai même jeté un coup d'œil dans les cachettes aux caisses et... Claude a deviné juste ! Le butin a

117

bien été rapporté là par les bandits... qui ne sont pas pour l'instant dans leur repaire !

Cette double nouvelle est accueillie par une explosion de joie silencieuse... Claude ne s'est pas trompée !

Alors, il ne reste plus qu'à passer à l'action !

chapitre 12

Capturés !

Joyeusement, les Cinq reprennent leur marche en avant. Les enfants sentent leur cœur battre à coups précipités. Cette fois-ci, enfin, ils vont récolter le fruit de leurs efforts ! Le butin retrouvé leur a échappé une première fois. Peut-être vont-ils pouvoir remettre la main dessus. Ils ne comptent pas laisser passer cette chance quasi inespérée !

Claude se félicite tout bas de la réussite – qu'elle considère maintenant comme certaine – de leurs projets. Mick songe, en jubilant, au succès qui va couronner leur enquête et leur valoir, sans doute, beaucoup de gloire ! Annie, pour une fois, oublie ses craintes en

119

constatant que la victoire est toute proche. François lui-même estime la partie déjà gagnée.

Seul Dagobert, peut-être, n'est pas absolument à son aise. De temps en temps, il lève son museau et flaire l'atmosphère. Mais cela n'impressionne pas Claude. Elle sait bien que les bandits utilisaient le passage pour aller et venir !

Quand les jeunes détectives et Dag arrivent au bord de la rivière souterraine, les enfants, d'un même élan, se précipitent vers les cachettes – très proches l'une de l'autre – où se dissimulent les caisses. Le trésor est bien là, à sa place initiale.

— Parfait ! s'exclame Claude.

— Regardez, je ne m'étais pas trompé ! souligne Mick de son côté. Voici un petit chariot pliant qui nous aidera à... à déménager les meubles !

Et il pouffe... C'est à ce moment précis que François s'aperçoit de l'attitude étrange de Dago.

Le chien s'est arrêté à l'endroit où s'ouvre le passage invisible... celui qui conduit au château de la Mulotière. Une patte de devant levée, la truffe tournée vers l'entrée du souterrain, il hume l'air à petits coups.

— Regarde ton chien, Claude ! murmure François. On dirait qu'il est inquiet.

— Bah ! réplique Claude qui aide Mick à placer une caisse sur le petit chariot. Il a dû flairer un rat... Viens vite nous donner un coup de main. Cette caisse est vraiment lourde ! Attention à tes pieds, Annie !

François, un peu anxieux, rejoint les autres. Les quatre cousins doivent faire de gros efforts pour installer la caisse sur le chariot léger. Soudain, un aboiement sonore de Dag les fait sursauter.

Cette fois, arrachés à leur passionnante activité, Claude, Mick et Annie tournent la tête. François, déjà en alerte, a bondi. Il est pâle.

— Les bandits... murmure-t-il. Vite ! Sauvons-nous !

Mais les Cinq n'ont pas le temps de prendre la fuite... Du souterrain reliant la caverne au château de la Mulotière, les trois hommes qu'ils ont crus bien loin de là viennent de déboucher...

Éric, le premier, se précipite sur François. En un clin d'œil, il l'a ficelé à l'aide d'une cordelette. Puis le colosse s'empare de Mick.

Pendant ce temps Manu a jeté sa veste sur la tête de Dagobert pour l'immobiliser.

121

José, de son côté, se démène pour venir à bout de Claude qui, à coups de pied et à coups de griffes, se débat comme un démon. Seulement, bien entendu, elle n'est pas la plus forte...

Quand enfin les Cinq se trouvent réduits à l'impuissance, Éric éclate d'un rire cruel.

— Alors, les mioches ! On s'imaginait pouvoir continuer à se moquer de nous ? C'était mal nous connaître, vraiment ! Vous nous avez chipé notre barque l'autre jour, mais vous voici en notre pouvoir, avec votre sale chien !

— Tais-toi, bavard ! ordonne José d'un air sombre. Ces gosses nous ont surpris... juste au moment où nous allions décamper avec notre butin. Je me demande ce que nous allons faire d'eux...

Il jette un coup d'œil furieux à Claude et ajoute :

— Si je ne me retenais pas, je leur tordrais le cou à tous ! Ce gamin m'a mordu comme un enragé !

Cette fois, Claude ne remarque même pas qu'on la prend pour un garçon. Son échec la rend folle de rage.

— Je regrette de ne pas vous avoir arraché la main d'un coup de dents ! riposte-t-elle.

Mais la police finira par vous prendre, bande de voyous !

— Mets-leur un bâillon à chacun, Éric ! exige José.

Alors que le colosse s'exécute, Manu grommelle à son tour :

— Je peux toujours supprimer le chien !

Claude frémit. Mais José secoue la tête.

— Non ! répond-il. Pas de violence inutile... En revanche, si je laisse ces enfants ici, ils risquent d'y mourir de faim. Et si on les retrouve, ils n'attendront pas une minute pour se lancer de nouveau à nos trousses. Allez, c'est décidé ! Nous les emmenons avec nous !

Les pilleurs de châteaux, poussant leurs prisonniers devant eux, s'engagent dans le passage souterrain par où sont venus les enfants. Manu ferme la marche. Il a fourré Dagobert dans un sac qu'il porte sur l'épaule. C'est sans succès que l'animal gigote et cherche à se dégager. Il est trop à l'étroit pour y parvenir...

Claude ne décolère pas. François est consterné. Mick n'arrive pas à se remettre de sa surprise. Annie, elle, est à demi morte de peur. Ses jambes menacent de se dérober sous elle.

« Je me demande où nous conduisent ces types ! » songe Claude.

Elle se demande aussi par quelle issue les bandits déboucheront à l'air libre. S'ils se sont procuré un bateau, sans doute sortira-t-on par la grotte ouvrant sur la mer. Mais s'ils ont à leur disposition une voiture, alors on grimpera jusqu'à la route de la falaise... C'est ce qui se produit.

Éric a besoin de toute sa force pour tirer, dans le couloir en pente, le chariot et les deux caisses. Une fois en haut, les pilleurs de châteaux hissent les enfants hors du souterrain. La lune brille, très claire.

— Par ici ! ordonne José, sèchement.

Tous le suivent jusqu'au-delà d'un bouquet d'arbres. Là, presque invisibles dans l'ombre des branchages, deux voitures stationnent.

— Encore heureux que nous ayons deux véhicules à notre disposition ! grommelle Manu.

— Tu sais bien que José est prévoyant ! réplique Éric en ricanant.

Puis, donnant une bourrade à ses prisonniers, il ajoute :

— Allez, les gosses ! Montez !

Pendant deux heures, les voitures roulent l'une derrière l'autre. Il ne fait pas assez clair pour que les enfants puissent reconnaître le paysage... Au bout de quelques kilomètres, Annie, écrasée par la fatigue et à bout de larmes, s'endort.

François et son frère se trouvent, avec Éric, dans la deuxième voiture. Claude et Annie sont installées sur la banquette arrière de la première. José conduit. Manu, assis à côté de lui, se retourne de temps en temps.

— Tiens ! fait-il en constatant qu'Annie a fermé les yeux. La gamine s'est endormie !

Sa réflexion donne une idée à Claude. Au bout d'un moment, elle dodeline de la tête et fait semblant de s'endormir à son tour.

Manu se retourne peu après.

— Le gosse ronfle lui aussi ! annonce-t-il, prenant à son tour Claude pour un garçon. Bon débarras ! À lui tout seul, il est plus révolté que les trois autres réunis !

— Je ne serai tranquille, coupe José, qu'une fois que nous serons arrivés et que ces enfants seront sous clé.

Comme il ne semble pas vouloir poursuivre la conversation, Manu se retient de parler. Alors Claude, avec mille précautions et mettant à profit tous les cahots du chemin, entreprend de dégager une de ses mains. Puis, avec difficulté, elle sort de sa poche

125

une photo de Dagobert qu'elle entreprend de jeter sur la route, par-dessus la vitre à demi baissée.

« Ce sera toujours un indice pour ceux qui se mettront à notre recherche, se dit-elle. Ensuite, je sèmerai un peu plus loin ma gourmette puis mon portefeuille... »

Malheureusement, Manu ne laisse pas à Claude le temps de mettre son projet à exécution.

— Espèce de vaurien ! Tu voulais jouer au Petit Poucet, hein ? Pas de ça, mon gars !

Il attrape Claude par le poignet et la secoue rudement. Annie se réveille en sursaut, effrayée. Durant tout le reste du voyage, Manu surveille de près les deux cousines. Claude est plus furieuse que jamais.

Enfin, on arrive. Les enfants, poussés hors des voitures, regardent autour d'eux. La lune éclaire une longue bâtisse blanche. On n'aperçoit aucune autre maison aux alentours. Cette maison isolée doit avoir été choisie exprès par José et ses complices, soucieux de camoufler leurs allées et venues aux yeux des indiscrets.

Éric pousse les enfants en avant.

— Dépêchez-vous d'entrer. Nous n'avons pas de temps à perdre !

Il leur fait traverser une sorte de hall dallé, puis leur ordonne de gravir un escalier. La maison a deux étages. Une troisième volée de marches, très raide celle-là, monte au grenier. C'est là qu'Éric pousse les enfants. Aidé de Manu, il les débarrasse de leurs bâillons et de leurs liens.

— Ici, vous pouvez hurler si ça vous chante ! Personne ne vous entendra. Bonne nuit !

Manu jette le sac contenant Dagobert aux pieds de Claude. Puis les deux hommes disparaissent en refermant la porte à clé derrière eux. Claude s'empresse de délivrer son pauvre chien...

— Impossible de sortir ! constate François sombrement. Essayons de dormir un peu. Demain, nous aviserons !

Épuisés, les Cinq s'allongent sur le sol et ferment les yeux.

Aux *Mouettes*, M. et Mme Dorsel sont bien loin de se douter des dangers qui menacent leur fille et leurs neveux !

Ce soir-là, la mère de Claude, souffrant d'un mal de tête, s'est couchée de bonne heure. Son mari, au contraire, a travaillé très tard à l'écriture d'un livre scientifique, dans le calme refuge de son bureau.

Mme Dorsel, avant de s'endormir, s'est dit que les enfants ne tarderont pas à rentrer. Son époux, lui, ne sait même pas que les Cinq sont sortis.

Ce n'est donc pas avant le lendemain matin que le savant et sa femme trouvent le petit mot laissé par Claude... Inquiète de ne pas voir descendre les enfants à l'heure du petit déjeuner, Mme Dorsel monte dans la chambre de sa fille et d'Annie. La première chose qu'elle aperçoit sont les lits non défaits et une enveloppe posée bien en évidence sur la couverture. Elle prend connaissance du message...

— Henri ! appelle-t-elle d'une voix rauque. Oh... C'est terrible... Il est arrivé quelque chose aux enfants !

Son mari accourt et la trouve effondrée dans un fauteuil. Elle lui tend le billet d'une main tremblante :

— Lis !

M. Dorsel obéit, puis s'écrie :

— Ils sont fous ! Pourquoi ne nous ont-ils rien dit ? J'aurais alerté la police !

— Vite, Henri ! Vite ! Il faut voler à leur secours.

— Calme-toi ! Je m'en occupe tout de suite.

Il dégringole l'escalier en trombe, bondit dans son bureau et décroche le téléphone...

Un instant plus tard, toutes les gendarmeries des environs sont prévenues. Une véritable armée prend le chemin de la falaise. Grâce aux indications de M. Dorsel fou d'inquiétude, les sauveteurs ne mettent pas longtemps pour effectuer le trajet...

Il fait un temps magnifique. Le soleil brille joyeusement dans le ciel, indifférent à l'angoisse qui serre le cœur de chacun.

Arrivés au sommet de la falaise, les policiers prennent toutes les précautions nécessaires pour capturer des bandits et protéger des enfants. Une partie des agents descend sur la plage pour bloquer l'entrée de la grotte. Une vedette de gardes-côtes, alertée, surveille déjà l'embouchure de la rivière souterraine. Le reste de la troupe s'engouffre dans le souterrain qui s'ouvre au milieu du buisson d'ajoncs épineux.

M. Dorsel insiste pour suivre les sauveteurs.

— Ce sont ma fille et mes neveux qui sont dans cette caverne, rappelle-t-il aux policiers. Je ne peux pas attendre paisiblement dehors...

Le capitaine de gendarmerie qui dirige la troupe se sent obligé d'accepter.

— Très bien, dit-il. Mais ne faites aucun bruit. Nous devons prendre ces bandits par surprise. Il y va de la sécurité des enfants !

Malheureusement, toutes ces belles précautions ne servent à rien... Quand les gendarmes et M. Dorsel débouchent enfin au bord de la rivière souterraine, ils ne trouvent personne.

Les bandits et les enfants ont disparu. On fouille tous les couloirs et tous les recoins du roc : on ne découvre rien... sinon, dans un coin, la barrette avec laquelle ce jour-là, par coquetterie, Annie a attaché ses cheveux. M. Dorsel est désespéré !

chapitre 13

Une évasion très risquée

Morts de fatigue et brisés par l'émotion, les enfants, couchés sur le dur plancher de leur prison, dorment jusqu'à l'aube.

Mick est le premier à ouvrir les yeux. Ébahi, il regarde autour de lui, ne sachant plus où il se trouve. Puis la mémoire lui revient. Il secoue les autres.

— Debout ! Debout ! Il faut à tout prix s'échapper d'ici !

C'est plus vite dit que fait.

— Étudions les lieux ! propose François.

131

L'inspection est rapide. Elle apprend aux quatre cousins que leur grenier-prison ne comporte que deux ouvertures : la porte, fermée à clé et particulièrement solide, et une fenêtre haut perchée, ouvrant sur la pente du toit.

— Nous sommes cuits… soupire François.

— Que… que va-t-on faire de nous ? bégaye Annie.

Claude la fusille du regard.

— Oh ! Tu ne vas pas commencer à pleurnicher, dis ! Je suis furieuse, vous savez, de vous avoir entraînés dans cette aventure ! C'est ma faute… je suis trop impulsive… J'aurais dû me méfier.

— Ne t'excuse pas ! répond François. Nous n'avions qu'à t'empêcher d'agir. C'est autant notre faute que la tienne. Mick… fais-moi la courte échelle, s'il te plaît ! Je vais essayer de voir par cette lucarne… C'est une chance que le toit soit aussi bas ! Nous n'avons même pas une table ou une chaise pour monter dessus !

Mick fait la courte échelle à son frère. Des deux mains, François s'agrippe au rebord de la petite fenêtre et tend le cou.

— Zut ! lance-t-il alors. Je ne vois rien… à part la campagne déserte !

132

Ne sachant pas où ils se trouvent, les enfants s'appliquent à surprendre les bruits de la maison.

Claude, agenouillée sur le sol, prend Dago par le cou.

— Écoute ! lui dit-elle. Écoute !

Le chien dresse les oreilles mais reste muet.

— Je crois qu'il n'y a personne... soupire Claude. La maison est silencieuse. Les bandits ont dû partir.

— Alors ici, ce ne serait pas leur véritable refuge ? murmure Annie. Seulement une escale ?

— Non. À mon avis, c'est bien leur tanière.

— Mais alors, pourquoi sont-ils partis ?

— Ils vont peut-être passer à l'étranger avec leur butin, suggère l'aîné des Cinq.

— Oui, approuve Claude. Tu as certainement raison.

Soudain, Dag gronde. Les enfants s'immobilisent.

— Quelqu'un vient ! chuchote Mick.

Un pas léger fait grincer les marches de l'escalier. La clé tourne dans la serrure. Une femme à l'air sinistre paraît.

133

— Tenez, fait-elle en posant un panier sur le sol. Voilà de quoi manger jusqu'à demain.

Et là-dessus elle disparaît aussi vite qu'elle est entrée en refermant la porte à double tour. Claude serre les poings.

— Nous sommes stupides ! s'écrie-t-elle. Nous aurions dû lui sauter dessus tous ensemble. À nous cinq...

Le bruit sourd de la porte d'entrée ébranle la maison. Mick, aidé de François, se hisse jusqu'à la lucarne.

— Notre geôlière vient de sortir ! annonce-t-il. Elle s'éloigne sur le chemin, en direction d'un village que j'aperçois au loin !

Mick saute à terre et se gratte la tête.

— Que faire ? murmure-t-il, perplexe. La maison semble vide mais nous sommes bouclés ici.

— Nous ne pouvons qu'attendre ! se résigne Annie tristement. À l'heure qu'il est, oncle Henri et tante Cécile doivent avoir trouvé le mot de Claude. Ils vont avertir la police.

— Oui, dit François. Les sauveteurs iront droit à la caverne... et ils n'y trouveront personne. Cela ne nous avance pas beaucoup !

— Arrête de parler et agis ! bougonne Claude. Puisqu'il faut se débrouiller seuls, commençons par nous évader !

Ses cousins la dévisagent, ébahis :

— Mais comment ?

— Tu es adroit de tes mains, François, et... je viens de constater que notre geôlière a laissé la clé dans la serrure... à l'extérieur, bien sûr. Mais ce n'est pas ça qui va t'arrêter, hein ?

François pousse un cri de joie.

— Tu as raison ! Ce n'est pas la première fois que je récupérerai une clé à l'aide de... Oh ! mais je n'ai ni journal ni crayon !

— Non, réagit Mick, mais voici un carton bien plat et un morceau de fil de fer !

Tout en parlant, il a tiré les deux objets des détritus qui encombrent un coin du grenier.

François ne perd pas de temps. Il s'agenouille devant la porte et se met au travail. Pour commencer, il glisse le carton sous la porte, en prenant soin de laisser assez de prise pour pouvoir le retirer. Puis, à l'aide du fil de fer, il fourrage dans la serrure, repoussant la clef qui finit par tomber sur le carton, à l'extérieur. Il ne reste plus à François qu'à tirer à lui le carton pour avoir la clé.

135

Haletants, Claude, Mick, Annie... et même Dagobert qui semble comprendre, entourent François...

Le jeune garçon tire doucement le carton qui, en toute logique, doit ramener avec lui la clé ! Malheureusement, celle-ci est beaucoup plus grosse que ne le pensent les enfants. Son épaisseur l'empêche de passer entre le battant de la porte et le plancher.

François se redresse, un peu pâle, son carton inutile à la main.

— C'est raté… murmure-t-il.

Un silence consterné suit...

Mick est le premier à reprendre ses esprits.

— Rien n'est perdu ! s'écrie-t-il en se frappant le front. J'ai une idée incroyable, sensationnelle, mirobolante, merveilleuse, extraordinaire... enfin, digne du génie que je suis !

— D'accord, tu es un génie ! réplique Claude. Alors, cette idée ?

— Nous allons nous évader par le toit !

François et Annie ne réagissent pas tout de suite. Mais Claude, instantanément, se met au diapason.

— Super ! s'exclame-t-elle. Tu es vraiment génial ! Il n'y a pas d'autre solution, en effet !

— Hé ! doucement ! intervient François. Vous voulez vous briser le cou, ou quoi ?

— Pas du tout ! réplique sa cousine. Je n'ai pas le vertige.... et Mick est comme moi ! Tu vas lui faire la courte échelle, François, puis je monterai à mon tour. Une fois là-haut, nous arriverons bien à descendre. On viendra alors vous délivrer !

Mick et elle ne veulent pas en démordre. François finit par céder. Annie, tremblante, a tellement envie de fuir que, pour une fois, elle approuve le projet risqué de Mick et de Claude.

François aide donc son frère et sa cousine à se hisser par la lucarne, jusque sur la toiture.

— À tout à l'heure ! jette Claude avant de disparaître.

Bientôt, elle et Mick, courbés, presque à quatre pattes, cheminent sur l'arête du toit en faisant bien attention à ne pas glisser. Un seul faux pas et c'est la dégringolade dans le vide...

— Claude ! chuchote Mick au bout d'un moment. Comment faire pour descendre ?

— Viens !... Suivons cette pente avec précaution. Il doit y avoir un tuyau d'évacuation des eaux de ce côté !

Claude ne se trompe pas. Mais l'entreprise est périlleuse. Si les deux cousins lâchent prise, ils risquent de se faire très mal.

— Tant pis... marmonne Claude. Nous devons à tout prix réussir !

Il faut à Claude et à Mick toutes leurs forces, toute leur volonté et toute leur adresse pour réussir la dangereuse descente. Accrochés au tuyau d'évacuation des eaux qui relie le toit au sol, ils cherchent, des pieds et des mains, à s'assurer une série de prises sûres. Parfois, leurs doigts ou leurs semelles dérapent. Ils ont alors juste le temps de se rattraper. Par chance, à aucun moment ils ne perdent leur sang-froid.

Enfin, enfin, ils touchent terre ! Claude se sent gonflée d'un profond sentiment de victoire.

— Et maintenant, Mick, il faut trouver un moyen pour s'introduire à nouveau dans la maison...

C'est plus facile que prévu. En effet, si les portes et les fenêtres sont bien fermées, la trappe de la cave n'est pas cadenassée. Grâce à cet oubli, Mick et Claude peuvent se faufiler facilement dans le sous-sol. Contournant la chaudière qui en occupe le centre, les deux cousins se dirigent vers le petit escalier conduisant à une porte de bois.

— Pourvu que cette porte ne soit pas verrouillée ! soupire Claude, inquiète.

Heureusement, la porte n'est fermée qu'au loquet. Mick l'ouvre. Les deux enfants débouchent dans une vaste cuisine carrelée ouvrant directement sur le hall.

Ils se regardent en souriant. La partie est gagnée !

À partir de ce moment, Mick et Claude ne perdent pas une seconde. Ils se précipitent vers l'escalier, ils gravissent les marches quatre à quatre... Arrivés devant la porte du grenier, Mick ramasse la clé tombée sur le palier et délivre François, Annie et Dagobert.

La benjamine des Cinq pleure de joie. Dag aboie. François donne une claque chaleureuse sur l'épaule de son frère et de sa cousine.

— Bravo ! leur dit-il d'une voix émue. Avant de fuir, explorons rapidement la maison...

L'inspection est menée au pas de course, car le temps presse. La demeure a l'apparence d'une ferme très moderne. Sans doute José, Éric et Manu l'ont-ils choisie, faute de mieux, en attendant leur départ pour l'étranger...

— S'ils ont transporté leur butin ici, analyse François, il doit bien être caché quelque part. Ces bandits ne trimbalent quand même pas les caisses partout où ils vont...

Les pièces des étages et du rez-de-chaussée ne révèlent rien aux jeunes détectives. Elles sont sans mystère. Mais, à l'entresol, ce qui semble être la cave à vin leur pose un problème.

En effet, la porte massive est équipée de trois verrous mécaniques, énormes, tout neufs, dont l'acier brille dans la pénombre, comme un défi.

— Ah ! ah ! murmure Claude. Ces verrous ont été posés récemment... et pourquoi, sinon pour protéger un trésor ?...

— Oui, confirme François. Le butin a sans doute été enfermé là, provisoirement, en attendant de passer la frontière.

— Vite ! chuchote Annie. Partons et allons prévenir la police !

Ils grimpent à toute vitesse l'escalier de la cave, traversent le hall au grand galop, déverrouillent en un clin d'œil la massive porte d'entrée et se retrouvent dehors.

— Ouf ! Enfin libres ! souffle François tout joyeux. Quel plaisir de respirer l'air pur de la campagne !

— S'il te plaît, François ! supplie Annie. Dépêchons-nous ! J'ai hâte d'être loin d'ici ! Imagine que ces bandits reviennent... Ou cette femme...

— Ne t'inquiète pas, Annie ! lance Mick. Les provisions que notre geôlière nous a apportées doivent durer jusqu'à demain, d'après ce qu'elle nous a dit. Cela signifie sans doute qu'elle ne reviendra pas avant !

— Hum ! Pas sûr ! Elle est partie à pied. Elle n'est probablement pas allée loin... estime Claude qui trotte déjà sur le chemin. En tout cas, un bon conseil : ouvrons l'œil ! Si nous apercevons une silhouette suspecte venant vers nous, il faudra se cacher dans les champs aux alentours. Je n'ai pas envie d'être emprisonnée de nouveau !

Les enfants continuent à marcher en silence. Le paysage autour d'eux ne leur rappelle rien. Le chemin paraît s'étirer à l'infini. C'est à peine si, au loin, on distingue la girouette du clocher indiquant un village.

Maintenant, le soleil est assez haut dans le ciel. Les enfants transpirent. Dag halète.

— À cette allure, nous serons épuisés avant d'arriver, déclare Claude. Faisons de l'auto-stop !

141

— C'est trop risqué ! proteste François. Suppose que nous arrêtions la voiture des bandits... De toute façon, il n'y a pas un véhicule en vue !

Comme pour le narguer, un bruit de moteur s'élève soudain...

Les Cinq se retournent vivement. Une voiture rapide, longue et blanche, vient dans leur direction. Aucun doute, ce modèle sportif ne ressemble pas à celui des bandits.

Claude n'hésite pas. Elle se place au milieu de la route, agite les bras. Le bolide se rapproche, freine, s'arrête. Un jeune homme est au volant.

— Salut, les jeunes ! lance-t-il d'un ton jovial. Que se passe-t-il ? Vous avez raté votre bus ?

— Non, monsieur, répond poliment François en s'avançant. C'est beaucoup plus grave... Vous pourriez nous déposer au prochain village ? Nous voudrions nous rendre à la gendarmerie.

— À la gendarmerie ? répète le conducteur, étonné. Bon ! Puisqu'il ne s'agit pas d'une fugue, moi, je veux bien...

Chemin faisant, les enfants expliquent l'affaire en quelques mots. Très intéressé, leur nouvel ami les accompagne à la gendarmerie pour compléter leur déclaration en précisant l'endroit où il les a trouvés.

Jamais cette paisible gendarmerie de campagne n'a connu un tel branle-bas de combat !

M. Dorsel ayant alerté la police, les agents sont déjà au courant de l'aventure des enfants. Aussi commencent-ils par envoyer des messages à leurs collègues de Kernach : il faut au plus vite rassurer les parents de Claude.

Puis, avec l'aide de renforts arrivés à toute vitesse, on organise une expédition pour prendre les bandits au piège.

— Nous avons besoin de vous, explique le capitaine aux enfants ravis, pour nous indiquer où se trouve la ferme à cerner.

La petite troupe est bientôt prête à partir.

Patrice Bartier, le jeune homme qui avait pris les Cinq en auto-stop, demande à faire partie de l'expédition.

— Si vous voulez, propose-t-il au capitaine de gendarmerie, je prendrai de nouveau ces jeunes gens à bord de ma voiture. Ainsi, il y aura plus de place pour vos hommes dans votre fourgon !

Le capitaine accepte cette offre spontanée.

— C'est d'accord !

Claude et ses cousins, de leur côté, ne demandent pas mieux que de s'entasser de nouveau dans le coupé de leur nouvel ami. Dagobert se roule aux pieds de Claude. Il a clairement fait comprendre qu'il refuse de rester en arrière !

La voiture blanche démarre, suivie de trois véhicules de la police...

chapitre 14

Une injuste punition

Il est important de parvenir à la ferme avant le retour des bandits – et, si possible, de la femme –, afin de leur tendre un piège.

Tout se passe au mieux. Les enfants indiquent aux policiers la bâtisse qui leur a servi de prison. Le capitaine, accompagné de deux hommes, s'assure que personne n'est revenu depuis le départ des enfants. Puis il ordonne de dissimuler les voitures derrière le bâtiment. Enfin, il dispose la moitié de son équipe à l'extérieur, camouflée parmi les arbres et les buissons.

— Maintenant, dit-il aux enfants, à nous de jouer ! Entrons vite ! Vous, les jeunes,

145

vous allez monter au premier avec M. Bartier. Vous y serez à l'abri. Nous, nous allons tendre la souricière où se feront prendre ces bandits. Dépêchons-nous !... Et n'oublions pas de bien refermer la porte d'entrée !

Bientôt, massés sur le palier du premier étage, les Cinq et Patrice observent avec curiosité à travers les barreaux de la rampe.

Personne ne bouge.

— Les gendarmes se sont postés dans le hall, prêts à bondir sur les bandits quand ils entreront... murmure François.

— C'est ridicule... soupire Annie sur le même ton. Éric et les autres peuvent très bien ne revenir ici que demain... ou même encore plus tard !

— Oui, mais la femme ne tardera pas à rentrer, elle ! assure Claude. N'oubliez pas qu'elle est partie à pied. Je vous répète qu'elle n'a pas dû aller bien loin. C'est là-dessus que les gendarmes comptent...

— Chut ! souffle Patrice. Écoutez...

Au-dessous des enfants, le silence du hall vient d'être troublé par un avertissement, lancé à mi-voix par un gendarme chargé de faire le guet :

— Attention, mon capitaine ! J'aperçois une silhouette féminine sur la route... Ah ! Elle se dirige par ici !

Le capitaine s'approche vivement du gendarme posté près d'une fenêtre située à côté de la porte. Celui-ci lui passe ses jumelles.

— Regardez vous-même !

Le capitaine regarde et sourit.

Puis il appelle Claude.

— Vite ! lui dit-il. Regardez à votre tour et dites-moi si vous la reconnaissez...

— Oui, confirme Claude. C'est notre geôlière.

— Remontez auprès de vos amis. Surtout ne bougez pas. Et silence ! La femme sera là dans un instant.

Claude obéit. Les Cinq, serrés les uns contre les autres, attendent, le cœur battant, la suite des événements...

Annie, un peu angoissée, serre le bras de son grand frère.

— Que va-t-il se passer, François ? questionne-t-elle.

— Tout simplement, les gendarmes vont arrêter notre geôlière. C'est la complice des pilleurs de châteaux. Elle aura bien mérité ce qui lui arrive !

Les enfants cessent de chuchoter sur le palier. En bas, dans le hall, les gendarmes, immobiles et muets, se tiennent prêts...

Dans le silence général, on entend un pas qui s'approche. Une clé grince dans la serrure. D'où ils sont, les enfants voient bouger le verrou. Le battant de la porte s'ouvre. La lumière dorée du soleil jaillit à flots sur le carrelage.

Sans méfiance, la femme entre...

Tout se passe alors avec une brutale rapidité. Surgis de la pénombre, deux gendarmes empoignent la nouvelle venue et la maîtrisent. Celle-ci se débat furieusement.

— Qui êtes-vous ? Que me voulez-vous ?

— Qui nous sommes ? Notre uniforme vous l'indique clairement. Ce que nous voulons, c'est savoir qui vous êtes vous-même !

— Je ne dirai rien ! Vous n'avez pas le droit... glapit la femme, avec colère.

— Vraiment ? interroge le capitaine de gendarmerie en s'approchant. Attention à ce que vous allez répondre, madame. Je vous arrête pour complicité avec les pilleurs de châteaux. Peut-être êtes-vous d'ailleurs un membre actif de la bande !

— Je ne sais ce que vous voulez dire ! s'écrie la femme. Je n'ai rien fait de mal !

— Même retenir ces enfants prisonniers dans votre grenier ? riposte le capitaine en désignant de la main les Cinq groupés sur le palier.

La femme lève les yeux et décoche aux enfants un regard haineux. Puis, haussant les épaules :

— Je ne sais même pas qui ils sont ! déclare-t-elle.

À cet instant, un ronflement de moteur retentit au loin. Le gendarme aux jumelles, qui s'est de nouveau posté derrière la fenêtre, prévient son supérieur :

— Un véhicule... avec trois hommes à bord ! Une espèce de géant blond et deux bruns, dont un barbu !

— Ce sont eux ! s'exclame Claude. Ce sont nos ravisseurs !

— Tout à l'heure, jeunes gens, il vous faudra les identifier officiellement. Pour l'instant, restez là-haut... Et vous, madame, pas un mot pour avertir vos complices, ou sinon...

Là-dessus, le capitaine tire la femme en arrière. Le silence règne de nouveau. Les enfants et Patrice attendent, haletants.

149

On entend la voiture des bandits s'arrêter tout près de là. Puis la voix d'Éric s'élève, sonore :

— Hé ! Myriam ! appelle-t-il. Tu es là ? Il y a du nouveau... Nous partons demain !

Tout en parlant, le bandit pousse la porte. La femme – Myriam –, à laquelle plus personne ne prête attention, se dégage soudain d'un geste brusque et hurle :

— Attention ! Fuyez ! La police est là !

Il y a une seconde de silence, puis on entend les bandits détaler. Furieux, le capitaine de gendarmerie porte un sifflet à ses lèvres.

Ce coup de sifflet est destiné à alerter les gendarmes postés dehors. Mais le temps que ceux-ci contournent le bâtiment, les bandits risquent d'être déjà loin. Le capitaine et ses hommes se lancent à leurs trousses.

Déjà, les Cinq et Patrice dévalent l'escalier et franchissent à leur tour la porte...

Le spectacle qui s'offre à leur vue les arrête un instant. Devant eux, les bandits fuient en direction de leur voiture garée un peu plus loin sous les arbres.

En un clin d'œil, Claude comprend qu'ils vont réussir à échapper à leurs poursuivants dont les véhicules se trouvent derrière la maison.

Elle n'a pas une hésitation.

Désignant les fuyards du doigt, elle ordonne à Dagobert :

— Allez, Dag ! Vas-y ! Mords-les !

Dagobert ne se le fait pas répéter. En trois bonds, il s'élance sur les traces des pilleurs de châteaux.

Éric l'entend venir et se retourne. Le bandit lève le bras dans un mouvement de défense... juste à temps pour se protéger la gorge. Les crocs de Dagobert vont se refermer dessus !

— Allez, couché ! Sale bête ! s'égosille Éric en grimaçant et en cherchant à dégager son avant-bras broyé par une douloureuse étreinte.

Peine perdue ! Dagobert ne lâche pas prise. Entre-temps, les gendarmes ont rejoint l'homme et l'animal.

À peine se sont-ils emparés d'Éric que Dagobert, cessant de s'intéresser à lui, se précipite à la poursuite des deux autres bandits. Il en veut surtout à Manu, coupable de l'avoir enfermé dans un sac !

Quand ce dernier aperçoit les crocs menaçants et les yeux étincelants de Dag, il éprouve une peur si violente que l'animal n'a aucun mal à triompher de lui. Au premier

151

choc, Manu, terrassé par l'émotion, roule évanoui sur le sol.

Reste José... Le bandit, sans se soucier de ses complices, a atteint sa voiture. Il saute sur le siège et démarre aussitôt.

Les gendarmes laissent échapper une exclamation de dépit. Patrice, François, Mick et Annie, consternés, secouent la tête. Seule, Claude ne s'avoue pas vaincue.

— Vas-y, Dag ! crie-t-elle de loin à son chien.

L'animal est presque arrivé à la voiture quand celle-ci lui file sous le nez. Il pourrait abandonner la lutte, mais, encouragé par la voix de Claude, il fait un ultime effort.

Il accélère brusquement sa course et, d'une puissante détente, bondit dans le véhicule dont José, dans sa précipitation, n'a pas refermé la portière. La voiture ne roule pas encore bien vite. Pour se défendre, José est obligé de lâcher le volant. L'affaire ne traîne pas... Privé de conducteur, le véhicule va s'écraser contre un arbre. José en sort secoué mais luttant toujours contre l'intrépide Dago. Le capitaine et ses hommes arrivent, un peu essoufflés. Il ne leur reste plus qu'à arrêter le chef des pilleurs de châteaux... que Dag leur rend en assez piteux état.

Quelques instants plus tard, le capitaine de gendarmerie, radieux, contemple Éric, Myriam, José et Manu, menottes aux poignets.

— Et maintenant, décide-t-il après avoir chaudement félicité Claude et caressé le brave Dag, je vais vous ramener au village où M. Dorsel doit venir vous chercher... Mais d'abord, nous allons explorer ce repaire de brigands !

Les jeunes détectives ne se sont pas trompés. L'exploration de la cave – dont le triple verrou ne résiste pas aux gendarmes – permet de découvrir tous les précieux trésors volés dans les châteaux de la région par José et sa bande.

— Voici les montres en or du marquis de Penlech ! lance Claude toute joyeuse. Comme il va être heureux de les récupérer !

Un peu plus tard, après avoir quitté Patrice Bartier, les Cinq et les gendarmes avec leurs prisonniers regagnent la gendarmerie. M. Dorsel, qui vient d'arriver, offre à sa fille et à ses neveux un visage contrarié.

— Si vous espérez que je vous félicite, gronde-t-il, vous vous trompez lourdement ! Ta mère, Claude, a été malade de peur à la suite de votre disparition. Toi, François, en tant qu'aîné, tu devrais avoir un peu plus de plomb dans la cervelle.

Les enfants baissent la tête.

C'est en vain que le capitaine de gendarmerie, étonné de tant de sévérité, tente de calmer M. Dorsel. Celui-ci ne veut rien entendre.

— Vous serez punis, déclare-t-il aux enfants en les ramenant aux *Mouettes* en voiture. Et pour commencer, je confisque vos vélos neufs que la police m'a rapportés. Quant à Dag, il restera attaché jusqu'à la fin des vacances. Point final !

Jamais les vacances n'ont paru aussi lugubres à Claude et à ses cousins... Depuis deux jours, ils se morfondent aux *Mouettes*, sans même avoir le cœur de s'amuser.

Claude refuse de quitter Dago enchaîné à sa niche. François, Mick et Annie lui tiennent compagnie.

— Ce n'est quand même pas juste ! soupire Mick. Grâce à nous, les pilleurs de châteaux sont sous les verrous, les musées ont récupéré leurs trésors... et le marquis de Penlech ses montres.

— Tiens ! Le voici justement qui arrive ! s'écrie Annie en regardant du côté de la grille.

C'est le marquis de Penlech, en effet, frais et pimpant comme un jeune homme. Il a appris, par le capitaine de gendarmerie, que ses « jeunes héros », comme il les appelle, ont des ennuis et il vient tenter de les aider à son tour.

Comment s'y prend-il pour amadouer le sévère M. Dorsel et obtenir la levée générale des punitions ? Personne ne le sait vraiment. Mais après avoir discuté avec les parents de Claude, il reparaît dans le jardin, souriant, agitant à la main la clé de la remise où se trouvent enfermés les vélos.

— Détachez vite ce chien et allez faire une bonne promenade ! conseille-t-il aux enfants fous de joie.

Claude n'hésite pas à lui sauter au cou.

— Merci ! Merci mille fois ! s'écrie-t-elle avec élan.

— Comment cela, « merci » ? réplique-t-il en souriant. Si l'un de nous doit se répandre en remerciements, c'est bien moi... Merci donc de tout cœur, les Cinq ! Merci à toi aussi, mon brave chien !

Et, gravement, le marquis serre la patte à Dago !

155

Quel nouveau mystère le Club des Cinq devra-t-il résoudre ?

Pour le savoir, regarde vite la page suivante !

Claude, Dagobert
et les autres sont prêts
à mener l'enquête

Dans le prochain tome de la série :
Les Cinq
à la télévision

Les Cinq sont de vraies stars : ils jouent leur propre rôle dans une série policière ! Mais dès le début du tournage, plusieurs acteurs disparaissent mystérieusement.

Sans attendre, les jeunes enquêteurs se lancent à leur recherche, et bien vite, la réalité dépasse la fiction...

Pour connaître la date de parution de ce tome, inscris-toi vite à la newsletter du site : www.bibliotheque-rose.com

Table des matières

Composition MCP – Groupe JOUVE - 45770 Saran
N° 583575U
Imprimé en Roumanie par G. Canale & C.S.A.
Dépôt légal : septembre 2011

Achevé d'imprimer : avril 2012
20.20.2410.7/02 - ISBN 978-2-01-202410-6
Loi n° 49-956 du 16 juillet 1949
sur les publications destinées à la jeunesse.